漢魏六朝の詩

上

石川忠久 編著

明治書院

銅秀台（曹操の宮殿の跡）

魚山の曹植墓

魚山全景

目　次

魏

下巻　収録作品

晋

南北朝

はじめに

「古詩」は、「古体」とも「古風」とも呼ばれる。「近（今）体詩」に対する称呼である。近体詩（絶句と律詩）成立（およそ西暦七〇〇年ごろ）後には、近体の形式によらないものを古詩と称するが、一般には、近体詩成立以前の詩を総称していう。ただし、『詩経』と『楚辞』は、通例として「古詩」には属さない。

そこで、この書では漢代より隋に至る作品を扱うこととした。作品を撰ぶ基準は、人口に膾炙《かいしゃ》した有名なものを当然取るほかは、なるべく詩の発展過程を示すものを取るようにした。

つまり、漢初（BC二〇六）から隋（AD六一八）までというのは、唐の詩の最盛期へ向けての準備期であるから、その進展の様相をうかがい得るものを骨子として、なるべく多様な詩歌を紹介するように心がけたつもりである。

漢初の歌

伝説上の堯《ぎょう》や舜《しゅん》の太古の時代の歌謡は、信憑性に欠けるので、幕開けは漢楚の興亡の時期の「垓下歌」

「大風歌」からとなる。

これはどちらも『楚辞』の調子の歌で、句の中に「兮《ケイ》」という休止符を挟む。漢初にはおおむねこの〝楚調の歌〟が世に行われた。武帝の「秋風辞」は、内容豊かになっているが、形式は同じである。

「柏梁詩」は、武帝以下大臣らが一人ずつ七言一句を作った〝聯句〟の形式で、後世の「柏梁体」聯句として体を開くと同時に、遠く六世紀以後に発展・盛行する「七言詩」の先駆的作品として注目される。

五言詩の生成

前漢の半ばを過ぎるころより、新しいリズムの詩歌が誕生する。一句が五字の「五言詩」である。もともと『詩経』の詩は「四言」を基調とし、『楚辞』は「三言」を基調とする。いったい、いつごろ、どのようにして「五言」の詩ができたのか。

これについては、『詩経』や『楚辞』の中に、字余りの形も存在することから、これらの形が発展してできたのだ、とするいわゆる〝内在説〟もあるが、やはり、外から何らかの新しい歌謡が中国に入ってきて、その刺激によってできたとする〝外来説〟の方が、説得性に富む。

秦の始皇帝が天下を統一してより（BC二二一）、いわゆるシルク・ロードの往来が活発になり、遠くはペルシャ、ローマより、いろいろな文物が中国に流入した。それらの中に箜篌《くご》（ハープ）などの楽器が見られることから、当然西方の音楽の流入が推定される。

武帝の時、楽府《がふ》（音楽を司《つかさ》どる役所）を創設して、積極的に民間歌謡を採集し、それを整理したが、今日残る歌詞の中には一句が五言のものが散見される。始皇帝の天下統一より約九十年、三世代経過する間に、外来音楽の刺激によって新しい歌謡が民間に芽生え、それが採集されるに至った、という想定が可能であろう。

やがて、全部が五言より成る歌謡が現れる。今日、その最も早い資料は、前漢成帝代（前三三～前七）の「童謡」である（上巻三六ページ）。内容から見れば、これは詩歌というに値しない簡単なものだが、とにかく、五言詩の体裁を具えた最初の作である。武帝の楽府創設より、九十年ほど。

さらに、九十年ほど経って、後漢の班固に「詠史詩」の作が出た（上巻五四ページ）。これは歴史家班固先生の余技として、この新しい形式を試してみた態《てい》のものである。親の罪を代わって償う孝行娘、という歴史のこぼれ話のような題材をうたったまでで、もとより班固の代表作というようなものではない。しかし、とにかくも、当時の文豪の署名入りの作が出たのであるから、「五言詩」の詩歌としての地位が一段と高まったことをうかがうに足る。

五言詩が本格的な詩歌としての位置を確立するのは、「古詩十九首」（上巻五九ページ）の出現からである。およそ紀元後二世紀初めごろのことと思われる。成帝時童謡から班固までがやはり八、九十年、古詩十九首までが七、八十年、といったところ。

古詩十九首は、たまたま十九首が残ったもので、一人の詩人がまとめて作ったのでも、また同時に出たものでもない。夫の不在を嘆く若妻の悩み（閨怨《けいえん》）や、才能を抱きながら世に容《い》れられない恨み（賢人失志)、人の命のはかなさをかこつ憂い(人生無常)等々、人々の哀歓を素朴な表現ながら味わい深くうたう。すべて無署名ではあるが、当時の相当の作り手の作と思われる。当時は、何といっても第一級芸術の地位は「賦《ふ》」が占めていたから、作者の意識として、この新しい形式による詩歌は、まだ署名するまでもない軽い存在であったのだろう。しかし、これらの作品はたくまずして、相当高い芸術的成就を示し、あたかも我が国の『万葉集』のあずま歌のごとき姿を留めている。重要な作品ゆえ、その全部を採録することにした。

ところで、五言詩の起源を論ずる時、長い間その最も早い作として言い伝えられてきたのが、蘇武《そぶ》と李陵《りりょう》の唱和詩と称されるものである(上巻二八ページ)。これまでの流れから見て、武帝代の人物である二人が、このように整った五言詩を突如として作ることはあり得ず、当然後世の偽作とすべきものである。おそらく「古詩十九首」とほぼ同じころの作であろう。なお、蘇武には別に楚調の歌も伝わっていて、こちらの方は本物と考えられる。

建安時代(三曹七子)

五言詩が飛躍的に発展し、第一級芸術の域に達するのは、後漢末の建安年間(一九六～二二〇)である。権力者である魏《ぎ》の曹操《そうそう》(父)、曹丕《ひ》(兄)、曹植《ち》(弟)の〝三曹〟と、これを取り巻く七人の詩人〝七子〟(孔融《こうゆう》・王粲《おうさん》・劉楨《りゅうてい》・徐幹《じょかん》・応瑒《おうよう》・陳琳《ちんりん》・阮瑀《げんう》)が、この時代を代表する。

彼らは、前後四百年続いた漢の古い体制にあきたらず、新しい鄴《ぎょう》（河南省臨漳《りんしょう》県）の都を舞台に、自由豁達《かったつ》な文学の交わりを結んだ。彼らの新しい風気に、新しい五言の詩歌はよく適合したのである。

中でも曹植は、「天下の才を一石《こく》とすれば、そのうちの八斗《と》を占める」と讃えられるほどの俊才で、「白馬篇」（上巻一九二ページ）「名都篇」（同一八四ページ）「美女篇」（上巻一八八ページ）などの傑作を残した。これらは、種々の詩的感興を絵巻のように描写した画期的な詩であり、初唐の四傑らの七言歌行を呼び起こすものである。

兄の曹丕には、二百年後の山水詩の先駆をなす自然描写の作がある（「於玄武陂作」上巻一七九ページ）。また、「燕歌行」（上巻一八一ページ）は、全句七言で「柏梁詩」の形を襲いつつ、「古詩十九首」の「閨怨」詩の流れを汲む、時代に突出した作品である。

孔融・王粲の詩（上巻一七〇・一七六ページ）はそれぞれ写実的な描写が注目され、唐の杜甫を呼び起こす。

正始から太康へ

中国文学の流れは、西暦とよく合うが、ことに三世紀の百年は、詩の発展に画期的な世紀となった。建安で幕を開けたあとは、正始（二四〇〜二四九）へと受け継がれる。この時代に活躍したのは〝竹林の七賢〟と称される人々である。彼らは世俗に背を向け、竹林にこもって酒を飲み、琴を奏でて楽しんだ。それは、実は迫り来る権力者の黒い影から逃れる、韜晦の手段だったのである。七人の領袖阮籍《げんせき》は、建安七子の一人阮瑀の息子であるから、彼らは建安の世代の第二世代ということができるが、世はすでに魏朝から重臣の司馬《しば》氏へと権力が移り、王朝方と司馬氏方とのはざまにあって、人々はむずかしい処世を迫られる時代となっていた。

　阮籍は、母の喪に服している時も平気で酒に酔うなど、型破りの生き方をしたが、内実は新旧どちらにもつけない心中の葛藤があったのである。「詠懐」詩の連作は、その苦衷を詩に託したものとされる（上巻二〇二ページ）。

　領袖の一人嵇康は、結局司馬氏に睨まれて罪におとし入れられ、刑死するに至る。総じて正始時代の作品は時勢を反映して暗い気分を詠うものが多いが、新しい詩歌の発展には、それは深味を添える結果となった。

　世はやがて司馬氏の樹《た》てた晋の時代となる。その太康年間（二八〇～二八九）に活躍したのは、〝三張二陸両潘一左〟である。〝三張〟とは、張華《ちようか》、張載《ちようさい》（兄）、張協《ちようきよう》（弟）、〝二陸〟とは、陸機《りくき》（兄）と陸雲《りくうん》（弟）、〝両潘〟とは、潘岳《はんがく》（叔父）と潘尼《はんじ》（姪《おい》）、〝一左〟とは、左思《さし》をいう。

　このうち陸機と潘岳は〝潘陸〟と並称されて時代を代表する。彼らは詩の題材を広げ、修辞に力を注いだ。第一級文学である「賦」の開発した修辞を、この新興の形式である「五言詩」に取り入れ、さらに用語を練っていった。いわゆる「詩語」は、ほぼこの時代に出そろったということができる。つまり、五言詩はこの時代、名実ともに賦と並ぶ文学形式の座を獲得したのである。ただ、彼らが開いた道は、この後いよいよ修辞の度を加えて、より洗練される一方、空疎な遊戯へと展開していくので、後世、〝六朝修辞主義〟とレッテルを貼られ、詩歌の堕落の張本人と目されるに至る。中で、張協は雨の詩を多く作って〝張協の苦雨〟と称され、後の自然を詠ずる詩の先駆をなし、左思は隠逸をうたって特色を示した。

東晋の詩

建安から正始を経て太康に至り、三世紀の詩歌は目ざましい発展の跡を見せたが、四世紀に入ると永嘉(三〇七〜三一三)の大乱によって、晋朝は中原の本拠地を異民族に奪われ、南へ追いやられる。建武の中興(三一七)で江南に東晋王朝が打ち樹《た》てられ、ここに二百七十年に及ぶ南北朝対立の時代を迎える。

詩歌は、この混乱期に遭遇して、それまでの洛陽の詩壇は崩壊し、一頓挫する。東晋はほぼ四世紀と重なるが、中国文学における四世紀は〝暗黒の時代〟と呼ばれる。四世紀半ばまでは、見るべき詩人も作品もないといってよい。直前の太康時代が華やかであっただけに、落差が激しく、〝暗黒〟の印象が強いのである。

そういう中に、この世紀の中ほどになると、詩歌は新たな展開を見せる。それは自然の美を詠《うた》う風の勃興である。もともと、江南の地は北地に較べて気候温暖、また地形も変化に富み、風景は美しい。この美しい風土に移って二・三世代経ったころ、自然に目を向けて新しい詩の世界を拓《ひら》く動きが出てきた。その象徴的出来事《できごと》が、永和九年（三五三）に会稽《かいけい》の蘭亭《らんてい》（浙江省紹興《しようこう》市郊外）で催された野外の詩会である。王羲之《おうぎし》の「蘭亭帖」で有名なこの集いは、書道の方面での大きな出来事であるばかりでなく、文学史の流れの上でも、一つの画期を示すものであった。

王羲之を中心に、文人たちが集って、〝曲水流觴〟の遊びをし、それぞれが四言詩一首と五言詩一首を作る課題を課せられた。四十二人のうち、課題を果たしたのはわずか十一人、詩ができず罰杯を科せられたものが十六人というのは、この時代の詩の水準の低下を物語るものであろうか。

〝蘭亭の遊〟は、これより先、西晋の元康六年（二九六）、洛陽郊外の金谷《きんこく》園で、富豪貴族石崇《せきすう》の催した〝金谷の遊〟を模したものであった。その集まりでの潘岳の作（下巻二一〇ページ）が残っているが、すでに自然の景へ向ける目が具《そな》わっており、このまま詩が発展すれば自然詠の方向は世界を広げていったものと想像されるが、永嘉の大乱によってそれが頓挫し、半世紀の空白の後、新しい風土の下に復活した、と見ることができる。蘭亭で金谷の時の潘岳の役割を果たしたのは孫綽（下巻五八ページ）であった。

半世紀の空白はあったものの、恵まれた風土の中にあって、人々は急速に自然を詠う詩に取り組むようになり、四世紀の終わりから五世紀へかけて、二人の大詩人が誕生する。謝霊運《しやれいうん》と陶潜《とうせん》（淵明《えんめい》）である。

謝霊運は、王羲之の仲間である謝安《しやあん》の一族で、当時の二大貴族（王氏と謝氏）の家柄の出身である。折しもまた王朝交替の気運の中で処世を誤り、不遇の人生を送る。その憂さのはけ場として、始寧《しねい》や永嘉《えいか》（どちらも浙江省の景勝地）の自然にひたりこみ、あたかも、〝美の狩人〟のように風景美を詠いあげた（下巻一〇〇ページ）。彼の拓いた詩を〝山水詩〟と呼び、その開祖としての名を文学史に留める。

陶潜（淵明）は、謝霊運とは対照的に、地方の豪族の末裔で、官僚となるが栄達の道は閉ざされ、中年になって故郷（江西省九江）の田園へ帰る。そして、後半生を隠者として生き、身の周《まわ》りに広がる田園風景と、その中での暮らしぶりを地味に詠い続け、新しい詩境を拓く（下巻六九ページ）。〝田園詩人〟と呼ばれる所以《ゆえん》である。

謝霊運と陶潜（淵明）は、同じ自然を詠いながら、それを見る目の違いから、詩風は大いに異なっている。当時は貴族時代ゆえ、奇を衒って修辞を練る謝の詩は第一級の評価を得、地方の地味な詩人の陶は二流の位置に止まっていた。だが、謝の詩は、技巧を凝らした部分がその後乗り超えられ、修辞主義が飽きられるにつれて評価を下げていったのに対し、陶の詩は時代を超えて褪せない独特の持ち味がもてはやされて、評価を高めていく。唐代に至ってその評価は完全に逆転した。

民歌のうたごえ

正統的な貴族詩壇の潮流とは別に、底流のように流れる庶民の歌声が起こり、四世紀の中ごろから社会の表面に現れる。「情人碧玉歌」や「情人桃葉歌」がそれである（下巻六〇ページ）。碧玉や桃葉は、貴族の邸に養われる歌姫・舞姫であり、庶民の出である彼女たちを媒介として、貴族社会に五言四句の、端唄《はうた》・都々逸《どどいつ》といった民歌が入りこんでいったのである。

四〇〇年ごろになると、建康の都（現在の南京）あたりに住む子夜《しや》という娘の詠った「子夜歌」（下巻八八ページ）が起こる。これらの気取らない生き生きとした歌声は、貴族詩壇に活力を与え、たくさんの模擬作を生む。また、長江沿いの港町を舞台に五言四句の民歌が詠われ（「長干曲」下巻九五ページ、など）、やがてこれらが次第に修辞を練って、絶句の生成へと進んでいく。謝朓の「玉階怨」（下巻一二九ページ）、范雲の「別詩」（下巻一五六ページ）、呉均の「山中雑詩」（下巻一六五ページ）などは、絶句の先駆的作品といえよう。

元嘉から永明へ

東晋王朝が亡びて劉宋（区別するため、唐のあとの宋を天子の姓を取って趙宋といい、南朝の宋を同様に劉宋という）となり、三十年間の元嘉時代（四二四〜四五三）となる。この時代の初期には、謝霊運や陶淵明がいたが、時代を代表するのは鮑照である。

鮑照は下級貴族の出身で、才能を自負しながら世に出ることができず、その鬱屈した心情を楽府体の詩に託した（「擬行路難」下巻一一八ページ）。その作品中には七言句を多く用いるものがあり、次の世紀に入って本格化する七言詩の発展の前触れをなしている。

五世紀末葉、斉《せい》の永明時代（四八三〜四九三）になると、詩歌の音声上の美意識が高まり、後の近体詩における約束事（平仄《ひょうそく》の排列法など）の基盤の理論が作られる。これを「四《し》声八病《せいはっぺい》説」という。この時代、謝朓《しゃちょう》、沈約《しんやく》ら、竟陵《きょうりょう》王のサロンに集った文人を、「竟陵王の八友」と称する。中国語には元来、四つの声調

（強弱《アクセント》ではなく高低《トーン》の調子）があるのだが、仏典の翻訳が盛んになるにつれて、梵語《サンスクリット》と中国語の比較対照から、声調の自覚が起こったのである。また、句数の長さも次第に表現を練ってきた結果、五世紀初めの謝霊運などでは二十句前後の作が一般的であったのに対し、十二句、十句、八句と短くなり、後の律詩（八句）の形を探り当てるに至った。謝朓の「離夜」（下巻一三四ページ）は、音声の排列上も、句数も、律詩とほとんど差がない。

六世紀に入って梁朝（五〇二～五五七）となると、五言詩は爛熟の末、詠物詩と宮体詩の盛行を見る。詠物詩とは、物の属性をとらえていろいろの角度から詠ずるもので、物を細かく見る目と、機知を磨く点、詩の発展に重要な段階をなすものといえる。沈満願《しんまんがん》の「詠五彩竹火籠」（下巻一七四ページ）はその例である。宮体詩は、宮中のさまざまな場面を題材として詠う艶冶《えんや》な味わいの詩で、簡文帝の「詠美人観画」（下巻一四六ページ）や、江洪の「詠美人治粧」（下巻一七一ページ）は典型的な例である。

五言詩が建安から生成発展して、梁代に至り、題材の上でも、表現の上でも工夫を凝らし尽くすと、何か新しい詩歌を求める風気が起こってきた。その風気の中から、長い間詩歌の列に加わらないでいた、一句七言の七言詩が、その発展性を再認識されて、一気に五言を追いかけるように、詩歌の表面に躍り出す。梁の武帝の「河中之水歌」（下巻一三八ページ）は、なお、毎句押韻の〝柏梁体〟の形を襲うものの、新たな詩歌の誕生を印象づける画期的な作品である。

北朝の民歌

東晋以後、漢民族の中心は江南に移り、北の中原には異民族の王朝が、北魏・北斉・北周（三八六～五八一）と続いた。文化的には南朝に一歩譲る形であったが、その風土に根ざした独自な風気が詩にも表れている。同じ五言四句の形式を取るものでも、「企喩《きゆ》歌」（下巻二〇五ページ）や「瑯琊《ろうや》王歌辞」は、南朝の「子夜歌」などの艶冶な風ではない、荒削りな生《なま》々しさが感ぜられる。南朝の〝たおやめぶり〟に対し、北朝は〝ますらおぶり〟といえる。騎馬民族の勇壮さと、厳しい風土条件の然らしむるものだろう。

北朝には、比較的長篇の叙事詩も生まれた。中でも「木蘭詩」（下巻二一一ページ）は、父親の代わりに娘が男装して戦争に行き、手柄を立てて故郷に凱旋、また娘の姿に戻って戦友を驚かす、という面白い筋立てである。後世、戯曲の中へ取り入れられて発展する。

また、北朝系の歌には、感覚的な比喩の表現が多く見られる。「寒さのために舌がのどに入る」（「隴頭《ろうとう》歌辞」下巻二〇九ページ）とか、「空が包《パオ》のようにすっぽり地をおおう」（「勅勒《ちょくろく》歌」下巻二一八ページ）など、これらの新鮮な表現は、次の時代の唐詩へ活力となって流れこむ。

隋は北周を受け継ぎ、やがて南へ攻め入って陳を亡ぼし、天下を統一する（五八九）。ここに、南北の風気は大きく混ぜ合わさり、三十年を経て唐になると（六一八）、形式の上で、五言・七言の近体（絶句・律詩）・

古体すべての詩形が整うと同時に、混ぜ合わさったものが、あたかもまろやかな酒を醸《かも》すかのように、唐詩の熟成をもたらすのである。

原詩、書き下し文ともに常用漢字のあるものはそれを用いた（人名用漢字も適宜、常用漢字に準じて用いた）。原詩には返り点を施し、押韻を明らかにするための符号をつけてみた（原則として平声を○、仄声を●とし、換韻の場合は適宜□▲などを用いた）。書き下し文は総ルビを付したが、時代の状況を鑑みて、現代仮名遣いによるルビとし、送り仮名は、詩の雰囲気を損なわないように、歴史的仮名遣いを用いた。語釈は必要にして十分なものを心がけ、鑑賞は前述の観点から、その詩の特色を発展過程に則して述べるように留意した。なお、底本には、清・沈徳潜『古詩源』及び、宋・郭茂倩『楽府詩集』を用い、『古詩源』にないものは『文選』によった。

この書によって古詩を味わい、且つ漢魏六朝の詩の流れを理解していただければ幸いである。

前漢

枇杷（柏梁詩）

垓下歌

垓下《がいか》の歌《うた》

項《こう》羽《う》（前漢）

力抜レ山兮気蓋レ世
時不レ利兮騅不レ逝
騅不レ逝兮可二奈何一。
虞兮虞兮奈レ若何。

力《ちから》山《やま》を抜《ぬ》き気《き》世《よ》を蓋《おお》ふ
時《とき》利《り》あらず騅《すい》逝《ゆ》かず
騅《すい》の逝《ゆ》かざる奈何《いかん》すべき
虞《ぐ》や虞《ぐ》や若《なんじ》を奈何《いかん》せん

○垓下…安徽《あんき》省霊璧《れいへき》県の東南。○抜山…山を引き抜くほどの強い力。○兮…『楚辞《そじ》』によく見られる助字。特に意味はなく、調子を整えるもの。音はケイ。○蓋世…世をおおうほどに高い意気。○騅…あし毛の馬。○逝…「往く」と同じ。○可奈何…どうしたらよいであろうか、どうしようもない。反語。○虞…項羽の愛妾。○奈若何…第三句の「可奈何」と同じ用法。「若」は「汝」と同じ。

私の力は山をも引き抜き、心意気は世を蓋い尽くすほどであった。だが、時が味方してくれず、愛馬の騅《すい》も進まなくなってしまった。騅が進まなければどうしようもない。虞よ虞よ、愛《いと》しいおまえをどうしよう。

♦『楚辞』の体の短詩である。戦国末期から漢初にかけて、この形の歌謡がうたわれた。楚調の歌という。

「兮《けい》」の字を挟んで、上三字、下二字の句型である。字数は時に字余り、字足らずにもなるが、基本は三字である。屈原の「離騒《りそう》」や「九歌」と同じ型。

この歌は、楚の項羽が、漢の劉邦との抗争に敗れ、ついに垓下に追いつめられたときにうたったものという。『史記』によれば、自分を取り囲む四面の軍勢が故郷の楚の歌をうたうのを聞いて（「四面楚歌」）、項羽は故郷の人々までも自分を敵視していると悟り、もはやこれまでと覚悟を決めた。最後の一戦を前に、陣営中で宴会を開き、かたわらの虞美人をかえりみながら、この歌をうたった。

わが国に伝わるテキストには、「時不レ利兮騅不レ逝」の句を、「時不レ利兮威勢廃、威勢廃兮騅不レ逝」（時利あらず威勢廃《おとろ》ふ、威勢廃へて騅逝かず）と二句に分けているものがある。

大風歌

大風起兮雲飛揚
威加二海内一兮帰二故郷一
安得二猛士一兮守二四方一

大風《たいふう》の歌《うた》

高《こう》祖《そ》（劉邦）（前漢）

大風《たいふう》起《おこ》りて雲《くも》飛揚《ひよう》す
威《い》海内《かいだい》に加《くわ》はりて故郷《こきよう》に帰《かえ》る
安《いずく》にか猛士《もうし》を得《え》て四方《しほう》を守《まも》らしめん

○大風起兮雲飛揚…この一句全体を秦《しん》末の乱のたとえとする説と、「大風」を劉邦《りゅうほう》、「雲」を群雄《ぐんゆう》として、劉邦が起こって群雄が蹴散らされ、乱が治まったとする説がある。ここでは、後者をとる。○威…高祖の威光をさす。○海内…天下。○故郷…高祖の故郷、沛《はい》をさす。○安…場所を表す疑問詞。「何処《いずこ》にか」の意。「いずくんぞ」と読んで「何とかして」という願望の意に解するのもある。○猛士…勇猛な兵士。○四方…四方の国々。つまり天下。

激しい風が吹いて雲が飛ぶように、我が輩の威勢に群雄は蹴散らされた。我が威光は国中に及んで、今、懐かしい故郷に帰って来た。さあ、これからは武勇に長じた勇士を捜し出し、この国を無事に治めていこうぞ。

❦ 楚調の歌である。漢の十二年（前一九五）、高祖劉邦が黥布《げいふ》の反乱を平定して都長安へ帰る途中、故郷の沛《はい》に立ち寄って作ったもの。『文選《もんぜん》』では、この歌に序がついていて、それによると、昔なじみの友人や土地の長老、若者を招き、酒宴を開いた。高祖自ら筑《ちく》（琴の一種）をうち、この歌をうたったという。前の二句は、天下を平定して意気揚々、第三句は、これからの守成の意欲をうたう。

秋風辞

秋風《しゅうふう》の辞《じ》　　武《ぶ》　帝《てい》〔劉徹〕（前漢）

秋　風　起　兮　白　雲　飛。

秋　風《しゅうふう》起《お》こりて白雲《はくうん》飛《と》び

草木黄落兮雁南帰
蘭有レ秀兮菊有レ芳
懐二佳人一兮不レ能レ忘
汎二楼船一兮済二汾河一
横二中流一兮揚二素波一
簫鼓鳴兮発二棹歌一
歓楽極兮哀情多
少壮幾時兮奈レ老何

草木黄《そうもくき》ばみ落《お》ちて雁南《かりみなみ》に帰《かえ》る
蘭《らん》に秀《はな》有《あ》り菊《きく》に芳《かお》り有《あ》り
佳人《かじん》を懐《おも》ひて忘《わす》るる能《あた》はず
楼船《ろうせん》を汎《うか》べて汾河《ふんが》を済《わた》り
中流《ちゅうりゅう》に横《よこ》たはりて素波《そは》を揚《あ》ぐ
簫鼓《しょうこ》鳴《な》りて棹歌《とうか》発《はっ》し
歓楽極《かんらくきわ》まりて哀情《あいじょう》多《おお》し
少壮幾時《しょうそういくとき》ぞ老《お》いを奈何《いかん》せん

○辞…有韻の文体の一種。『楚辞』の流れを引くもの。○蘭…ふじばかま。キク科。淡い紅紫色の小さな花が集まって咲く。○秀…花。特に、長い茎の先に咲く花をいう。○佳人…ここでは、女神のこと。賢臣ととる説や、都の後宮の美女ととる説もある。○楼船…やぐらを組んだ二階だての船。行幸や遊覧に用いた。○汾河…山西《さんせい》省をほぼ東北から西南に流れ、黄河に入る川。○中流…川の流れの中ほどの意。上流・中流の別ではない。○素波…白い波。「素」は白。○棹歌…船頭たちが舟をこぎながらうたう歌。舟歌。○少壮…年若く、血気盛んなこと。

秋風が立って白い雲が飛び、草木《くさき》の葉が黄ばみ落ちて、雁が南にわたってゆく。蘭は愛らしい花を咲かせ、菊は馥郁《ふくいく》と薫る。それらの花にも似た、美しい女神のことが思われて忘れられない。今しも、こうして汾河に屋形船を浮かべて、流れの中ほどで白波を揚げる。笛や太鼓がはなやかに鳴りひびき、舟歌が威勢よくわき起こる。しかし、この喜びが極まるところ、ふいにもの悲しい気分が広がる。若く元気のよいときはいつまでつづくというのだ。迫り来る老いをどうしよう。

◆武帝の元鼎《げんてい》四年（前一一三）、山西省の汾陰《ふんいん》に后土《こうど》（地の女神）を祀《まつ》ったときの歌。やはり楚調の歌である。汾水を渡る船の中で、管絃の楽しみにふけっていると、やがて歓楽の極まるとき、悲しみがしのび寄る。時は揺落の季節、迫り来る老いをいやでも感じざるを得ない。この年、武帝は四十四歳であった。

李夫人歌

李夫人《りふじん》の歌《うた》　　武《ぶ》帝《てい》（前漢）

是耶非耶　　是《ぜ》か非《ひ》か
立而望レ之　　立《た》ちて之《これ》を望《のぞ》むに
翩何姍姍　　翩《へん》たり何《なん》ぞ姍姍《せんせん》として
其来遅　　其《そ》の来《きた》るや遅《おそ》き

○翩…軽くあがるさま。衣裳のひるがえる様子をいう。○姍姍…なよなよと歩むさま。

あの姿はわが愛しの李夫人なのか、それとも別人か。こちらが立って眺めると、ひらひらと袖をひるがえし、しずしずと歩むよう。でも、なぜもっとはやくこちらへ来ないのだろう。

◆『漢書』によると、李夫人に早世された武帝は思慕の念やみがたく、方士少翁《しょうおう》に魂を呼び寄せさせた。少翁は夜、燭をともし、とばりをしつらえ、帝を中に座らせる。すると、李夫人のような女性がとばりの向こうに現れ、とばりをめぐって歩むが、近づいて見ることができない。帝は、そのため、いよいよ思いがつのって悲しんだ。その折に、この歌を作ったのだ、と。歌というにはあまりに簡単なものだが、「非」「之」「遅」と韻をふんでいる。

蒲梢天馬歌

蒲梢《ほしょう》天馬《てんば》の歌《うた》　　武《ぶ》帝《てい》（前漢）

天 馬 徠 兮 従二西 極•
経二万 里一兮 帰二有 徳•一

天馬《てんば》徠《きた》るは西極《せいきょく》よりす
万里《ばんり》を経《へ》て有徳《ゆうとく》に帰《き》す

承㆓霊威㆒兮障㆓外国㆒　霊威《れいい》を承《う》け外国《がいこく》を障《ふせ》ぐ

渉㆓流沙㆒兮四夷服　流沙《りゅうさ》を渉《わた》り四夷《しい》服《ふく》す

○蒲梢天馬…西方のはての大宛《だいえん》国に産する名馬。「天馬」とは、天帝が乗って空を駆ける馬のこと。ここでは、武帝が得た蒲梢《ほしょう》という名の馬をいう。○徠…「来」に同じ。○有徳…徳のある人。武帝自身をいう。○霊威…霊妙な力。○障…ふせぐ。一本に「降」に作る。○流沙…北方西方の砂漠。流れて移動するので流沙という。○四夷…四方の異民族。

天馬が西のはてからやってきた。万里の道をこえてわしのもとに身を寄せた。霊妙な力をうけて外国の侵入を防ぎ、この馬で砂漠を駆ければ、四方のえびすは帰順するだろう。

◆武帝の太初四年（前一〇一）、大宛（フェルガーナ）を征伐し、大宛王の首を斬って、汗血馬を手に入れた。汗血馬とは、皮が薄いので汗が血の色に見えることからいう。これより十二年前にも西域の駿馬を手に入れ、「天馬歌」を作っている。西方の、引きしまった体の駿馬は、中国にはない珍しいもので、それだけに手に入れた喜びは大きいのである。

李延年歌

李延年《りえんねん》の歌《うた》　李延年《りえんねん》（前漢）

北方有二佳人一
絶世而独立
一顧傾二人城一
再顧傾二人国一
寧不レ知三傾城与二傾国一
佳人難二再得一

北方《ほっぽう》に佳人《かじん》有《あ》り
絶世《ぜっせい》にして独立《どくりつ》す
一顧《いっこ》すれば人《ひと》の城《しろ》を傾《かたむ》け
再顧《さいこ》すれば人《ひと》の国《くに》を傾《かたむ》く
寧《いずく》んぞ傾城《けいせい》と傾国《けいこく》とを知《し》らざらんや
佳人《かじん》　再《ふた》びは得《え》難《がた》し

○北方…李延年は北方の中山《ちゅうざん》（河北省）の出身。○独立…スックと立つ。目だつ。際だつ。○傾城…男心を惑わせて城を滅亡させる。『詩経』大雅・瞻卬《せんぎょう》に「哲夫城を成し、哲婦城を傾く」とある。○寧不知…どうして知らないだろうか、誰でも知っている。

北の方にすばらしい美女がいます。世に類い稀な美しさで、際だっています。一度振り返れば一つの城を滅ぼし、二回振り返れば一つの国を滅ぼすほどです。城を滅ぼし国を滅ぼすほどの美女と誰もが知っています。美人は二度と得難いものです。

◆李延年は、漢の武帝に寵愛された楽人。この歌は、自分の妹を武帝に勧めるために、李延年が歌い、舞ったものという。これをきっかけに李延年の妹は李夫人として武帝の寵愛を受けたが、早く亡くなった。その時、武帝は嘆き、「李夫人歌」（本巻二〇ページ）を作った。

柏梁詩

日月星辰和㆓四時㆒。
驂駕駟馬従㆑梁来。
郡国士馬羽林材。
総㆓領天下㆒誠難㆑治。
和㆓撫四夷㆒不㆑易哉。
刀筆之吏臣執㆑之。

柏梁《はくりょう》の詩《し》

日月《じつげつ》星辰《せいしん》四時《しいじ》を和《わ》す（帝）
驂駕《さんが》駟馬《しば》梁《りょう》より来《きた》る（梁王　孝王武）
郡国《ぐんこく》の士馬《しば》羽林《うりん》の材《ざい》（大司馬）
天下《てんか》を総領《そうりょう》する誠《まこと》に治《おさ》め難《がた》し（丞相　石慶）
四夷《しい》を和撫《わぶ》する易《やす》からざるかな（大将軍　衛青）
刀筆《とうひつ》の吏《り》は臣之《しんこれ》を執《と》らん（御史大夫　倪寛）

撞レ鐘伐レ鼓声中レ詩。
宗室広大日益滋。
周衛交戟禁二不時一。
総‐領二従宗一柏梁台。
平‐理二清讞一決二嫌疑一。
修‐飾二輿馬一待二駕来一。
郡国吏功差‐次二之一。
乗輿御物主‐治二之一。
陳粟万石揚以レ箕。
徼‐道二宮下一随二討治一。
三輔盗賊天下危。
盗阻二南山一為二民災一。
外家公主不レ可レ治。
椒房率更領二其材一。

鐘《かね》を撞《たた》き鼓《こ》を伐《う》ち声詩《こえし》に中《あ》たる（太常　周建徳）
宗室《そうしつ》の広大日《こうだいひ》に益《ます》ます滋《しげ》し（宗正　劉安国）
周衛《しゅうえい》の交戟不時《こうげきふじ》を禁《きん》ず（衛尉　路博徳）
従宗《じゅうそう》を総領《そうりょう》す柏梁台《はくりょうだい》（光禄勲　徐自為）
清讞《せいけん》を平理《へいり》し嫌疑《けんぎ》を決《けっ》せん（廷尉　杜周）
輿馬《よば》を修飾《しゅうしょく》して駕《が》の来《きた》るを待《ま》つ（太僕　公孫賀）
郡国《ぐんこく》の吏功《りこう》は之《これ》を差次《さじ》す（大鴻臚　壺充国）
乗輿御物《じょうよぎょぶつ》は之《これ》を主治《しゅじ》せん（少府　王温舒）
陳粟万石揚《ちんぞくばんこくあ》ぐるに箕《き》を以《もっ》てす（大司農　張成）
宮下《きゅうか》を徼道《きょうどう》して討治《とうじ》に随《したが》はん（執金吾　中尉豹）
三輔《さんぽ》の盗賊天下《とうぞくてんか》危《あやう》し（左馮翊　盛宣）
盗南山《とうなんざん》を阻《そ》として民《たみ》の災《わざわい》を為《な》す（右扶風　李成信）
外家《がいか》公主《こうしゅ》は治《おさ》むべからず（京兆尹）
椒房《しょうぼう》・率更《そつこう》は其《そ》の材《ざい》を領《りょう》す（詹事　陳掌）

蛮夷朝賀常会レ期。
柱枅欂櫨相枝持。
枇杷橘栗桃李梅。
走狗逐レ兎張二罘罳一。
齧二妃女脣一甘如レ飴。
迫窘詰屈幾窮哉。

蛮夷《ばんい》の朝賀《ちょうが》は常《つね》に期《き》に会《かい》す（典属国）
柱《ちゅう》枅欂櫨《けいはくろ》相枝《あいし》持《じ》す（大匠）
枇杷《びわ》橘栗桃李《きつりつとうり》梅《ばい》あり（大官令）
走狗《そうく》は兎《うさぎ》を逐《お》ひ罘《ふ》罳《し》を張《は》る（上林令）
妃女《ひじょ》の脣《くちびる》を齧《か》めば甘《あま》きこと飴《あめ》のごとし（郭舎人）
迫窘詰屈《はくきんきつくつ》幾《ほとん》ど窮《きゅう》せるかな（東方朔）

○柏梁詩…漢の武帝は、元封三年（前一〇八）に長安城内に建てた柏梁台で、群臣を集めて詩を作った。○驂駕駟馬…驂《そえ》うまと四頭立ての馬車。○羽林…近衛兵。○刀筆之吏…書記役のこと。○声中詩…音楽が『詩経』の礼儀にかなう。○清讞…「清」は一本に「請」に作る。訴訟の案件。○差次…公平に順位をつける。○陳粟…穀物を敷き並べる。○徼道…みまわる。○三輔…漢代、都の長安以東を京兆、長陵以北を左馮翊《ひょうよく》、渭城以西を右扶風といった。都・長安付近をいう。○椒房…皇后の部屋。宮殿。○率更…時刻を司る官。○会期…一本に「舎其」に作る。○柱枅欂櫨…各々宮殿を造る材料。○罘罳…うさぎをとる網。○迫窘…せまられて苦しむ。○詰屈…ちぢこまって伸びないこと。

わが帝徳により、太陽・月・星辰《ほし》の運行は正常で、春夏秋冬は調和している。（武帝）そえ馬つきの四頭馬車に乗り、梁の国から入朝しました。（梁・孝王武）郡国の名家の士は皆近衛兵たる人材でございます。（大司馬）

天下を統率し治めるのは誠に困難な仕事です。（丞相・石慶）　四方の夷《えびす》をやわらげ帰順させるのも容易ではありません。（大将軍・衛青）　書記官の役は私めが担当します。（御史大夫・倪寛）　鐘や鼓をうつ音を詩《うた》に合わせて宗廟の祭りを司ります。（太常・周建徳）　天子御一族の繁栄は日に日に広大になられる。（宗正・劉安国）　戟《ほこ》を交えて周辺を守り、不測の事態が起こらないようにします。（衛尉・路博徳）　部下をすべ治めて柏梁台にのぼります。（光禄勲・徐自為）　訴訟は公平に処理し嫌疑を晴らします。（廷尉・杜周）　馬車を飾り整え天子様のお成りを待ちます。（太僕・公孫賀）　地方の役人の功績に順序をつけます。（大鴻臚・壺充国）　御乗物・御召物をしっかり管理します。（少府・王温舒）　ならべた穀物一万石、箕《み》でふるいます。（大司農・張成）　宮中を巡回して悪者を退治します。（執金吾　中尉豹）　三輔の地に盗賊が起これば天下が危うくなります。（左馮翊・盛宣）　盗賊が南山を根城としたなら人民に災難を与えます。（右扶風・李成信）　外戚や公主の権勢が強いと治めかねます。（京兆尹）　皇后の家、太子の家は人材を得ています。（詹事・陳掌）　蛮族は毎回、期日通りに朝貢して来ます。（典属国）　柱、枅《けた》、欂《たるき》、櫨《ますがた》がよりあって建物を支えています。（大匠）　召し上がる果物は枇杷、橘、栗、桃、李、梅がございます。（大官令）　走る犬に兎を追い出させ、網を張って捕らえます。（上林令）　お美しいお妃がたに口づけすれば飴のように甘い味がいたしましょうぞ。（郭舎人）　最後の私めは、皆様のように良い言葉が出てこず、困りに困っております。（東方朔）

❖　武帝と、柏梁台に召された群臣が同じ韻の字を用いて一句ずつ作詩したものと伝えられるが、群臣の官名、詩の形式などは元封期のものではなく、後人の擬作とするのが定説。後世、これに倣《なら》って各人一句の聯句を作ることが起こり、「柏梁体」と称される。臣下がそれぞれの職掌について抱負を述べ、最後に「滑稽《こっけい》」（人を言いくるめる技術）で知られる郭舎人、東方朔のおどけた句で終わる趣向が面白い。個性溢れる人物が輩出した武帝時代に対する後人の憧れがこめられていよう。

詩四首五言　其二

蘇《そ》武《ぶ》（前漢）

黄鵠一遠別
千里顧徘徊。
胡馬失二其群一
思心常依依。
何況双飛龍
羽翼臨レ当レ乖。
幸有二絃歌曲一
可三以喩二中懐一。
請為二遊子吟一
泠泠一何悲。

詩《し》四《よん》首《しゅ》五《ご》言《ごん》　其《そ》の二《に》

黄鵠《こうこく》　一《ひと》たび遠《とお》く別《わか》れ
千里《せんり》にして顧《かえり》みて徘徊《はいかい》す
胡馬《こば》　其《そ》の群《ぐん》を失《うしな》ひ
思心《ししん》常《つね》に依依《いい》たり
何《なん》ぞ況《いわ》んや双飛《そうひ》の龍《りゅう》
羽《う》翼《よく》当《まさ》に乖《そむ》くべきに臨《のぞ》むをや
幸《さいわい》に絃歌《げんか》の曲《きょく》　有《あ》り
以《もっ》て中《ちゅう》懐《かい》を喩《たと》ふべし
請《こ》ひて遊子《ゆうし》の吟《ぎん》を為《な》せば
泠泠《れいれい》として一《いっ》に何《なん》ぞ悲《かな》しき

糸竹厲㆓清声㆒
慷慨有㆓余哀㆒。
長歌正激烈
中心愴以摧。
欲㆑展㆓清商曲㆒
念㆓子不㆒㆑能㆑帰。
俛仰内傷㆑心
涙下不㆑可㆑揮。
願為㆓双黄鵠㆒
送㆑子倶遠飛。

糸竹《しちく》は清声《せいせい》を厲《はげ》しくし
慷慨《こうがい》して余哀《よあいあ》有り
長歌《ちょうか》正《まさ》に激烈《げきれつ》
中心愴《ちゅうしんそう》として以《もっ》て摧《くだ》く
清商《せいしょう》の曲《きょく》を展《の》べんと欲《ほっ》して
子《し》の帰《かえ》る能《あた》はざるを念《おも》ふ
俛仰《ふぎょう》して内《うち》に心《こころ》を傷《いた》ましめ
涙下《なみだくだ》りて揮《ふる》ふべからず
願《ねが》はくは双黄鵠《そうこうこく》と為《な》りて
子《し》を送《おく》りて倶《とも》に遠《とお》く飛《と》ばん

○蘇武…前一四三～前六〇。字は子卿。前漢武帝の時、匈奴に使いしてとらえられたが、昭帝のときに漢土に帰れるようになるまで、十九年間、節を屈しなかった。○黄鵠…羽が黄色がかった白鳥。○胡馬…北方の胡地に産する馬。「古詩十九首」其一に「胡馬は北風に依る」とある。○依依…思い慕う。○中懐…心の中。○遊子吟…旅人が故郷を思う歌。○冷冷…音声の清らかなさま。○愴…傷む意。○展清商曲…「展」

は歌曲を展べひろげること。「清商曲」は、声の高くすんで哀調をおびた曲。○俛仰…うつむいたり、あおいだりする。

黄鵠は一たび遠く別れ去っても、千里の先からもふり返り徘徊する。北方の馬は群れを離れると、仲間を思っていつも北を恋しがる。まして対で並び飛ぶ龍が、羽を各々反対の方へ向けねばならないとは。幸いに絃歌の曲があるから、これに心中の思いを託し、旅人の望郷の歌をうたわせてもらえば、清んだ声の何と悲しいことよ。管絃の音は清らかな調子を高くあげ、心が昂ぶり悲しみがつのる。長い歌曲が心を激しく動かし続ければ、心中は痛みくだけんばかり。清商の曲をつづけて演奏しようとしたが、君が帰れないのを思うと、うつむいたりあおいだりして心を傷め、涙がこぼれて払いようもない。できることなら二羽並び飛ぶ黄鵠となり、君を送って一緒に遠くまで飛んでゆきたい。

◆蘇武の詩として『文選』に載せる「詩四首」の其二。偽作である。ただし、長い間、李陵の詩（これも偽作）とともに五言詩の祖として読まれ、後世に影響を与えてきた。「双飛龍」（二羽で飛ぶ鳥、つまり自分と友）を、蘇武と李陵に見立て、匈奴から漢に帰る時の作という筋立て。

詩四首五言　其三　　詩《し》四首五《よんしゅご》言《ごん》　其《そ》の三《さん》　　蘇《そ》武《ぶ》（前漢）

結　髪　為㆓夫　妻㆒　　結髪《けっぱつ》して夫妻《ふさい》と為《な》り

恩愛両不㆑疑。
歓娯在㆓今夕㆒
嬿婉及㆓良時㆒。
征夫懐㆓往路㆒
起視㆓夜何其㆒。
参辰皆已没
去去従㆑此辞。
行役在㆓戦場㆒
相見未㆑有㆑期。
握㆑手一長歎
涙為㆓生別㆒滋。
努力愛㆓春華㆒
莫㆑忘㆓歓楽時㆒。
生当㆓復来帰㆒

恩愛《おんあい》両《ふたつ》ながら疑《うたが》はず
歓娯《かんご》今夕《こんせき》に在《あ》り
嬿婉良時《えんえんりょうじ》に及《およ》ばん
征夫《せいふ》往路《おうろ》を懐《おも》ひ
起《た》ちて夜《よる》の何其《いかん》を視《み》る
参辰《しんしん》皆《みな》已《すで》に没《ぼっ》しぬ
去去《きょきょ》此《これ》より辞《じ》せん
行役《こうえき》して戦場《せんじょう》に在《あ》り
相見《あいみ》んこと未《いま》だ期《き》有《あ》らず
手《て》を握《にぎ》りて一《ひと》たび長歎《ちょうたん》すれば
涙《なみだ》は生別《せいべつ》の為《ため》に滋《しげ》し
努力《どりょく》して春華《しゅんか》を愛《あい》し
歓楽《かんらく》の時《とき》を忘《わす》るる莫《な》かれ
生《い》きては当《まさ》に復《ま》た来《き》り帰《かえ》るべし

31　詩四首五言　其三

死当㆓長相思㆒。　死《し》しては当《まさ》に長《なが》く相思《あいおも》ふべし

○結髪…髪を結いあげること。成人になったしるしに、男は二十歳で冠をつけ、女は十五歳で笄《こうがい》をさす。○嬿婉…仲睦まじいこと。○征夫…旅人。○何其…いかに。「其」は助字。○参辰…「参」も「辰」（商）も星の名。それが没する、とは夜明けの近いことを意味する。○行役…徴発された旅先の仕事。○生別…「古詩十九首」其一にも「君と生きながら別離す」とある。○春華…春の花。ここでは、そのように美しい妻をいう。

大人になって結婚し夫婦となって以来、ともに愛しあい信頼しあってきたが、二人の楽しい生活も今宵かぎり、せめてこの一夜を仲よく睦みあおう。旅立つ私はこれからの旅路が気にかかり、起き上がって夜の明け具合をみる。参星も辰星も没し、はや夜明け、さあ、もう出発しなくてはならない。赴く先は戦場だ。再会はいつのことになるやら、妻の手を握りしめ、思わず深いため息をつく。生き別れの涙は切なく流れる。精いっぱい春の花のような体を大切にし、楽しかった日々を忘れないでくれよ。もし生命があれば必ず帰って来るし、死んだとしても君のことはいつまでも忘れないよ。

❦ 前の詩に同じく、蘇武の詩とする「詩四首」の其三。蘇武が妻を残して匈奴へむかうという場面。

与㆓蘇武㆒詩三首五言　其一

蘇武《そぶ》に与《あた》ふる詩《し》三首五言《さんしゅごごん》　其《そ》の一《いち》

李《り》　陵《りょう》（前漢）

良時不㆓再至㆒
離別在㆓須臾㆒。
屛㆓営衢路側㆒
執㆑手野踟躕。
仰視㆓浮雲馳㆒
奄忽互相踰。
風波一失㆑所
各在㆓天一隅㆒。
長当㆓従㆑此別㆒
且復立斯須。

良時《りょうじ》再《ふたた》びは至《いた》らず
離別《りべつ》須臾《しゅゆ》に在《あ》り
衢路《くろ》の側《かたわら》に屛営《へいえい》し
手《て》を執《と》りて野《の》に踟躕《ちちゅう》す
仰《あお》いで浮雲《ふうん》の馳《は》するを視《み》るに
奄忽《えんこつ》として互《たが》ひに相踰《あいこ》ゆ
風波《ふうは》に一《ひと》たび所《ところ》を失《うしな》へば
各《おの》おの天《てん》の一隅《いちぐう》に在《あ》り
長《なが》く当《まさ》に此《これ》より別《わか》るべし
且《しばら》く復《ま》た立《た》ちて斯須《ししゅ》す

欲㆘因㆓晨風発㆒　晨風《しんぷう》の発《はっ》するに因《よ》つて
送㆑子以㆗賤軀㆖　子《し》を送《おく》るに賤軀《せんく》を以《もっ》てせんと欲《ほっ》す

○須臾…しばし。間もなく。○屏営…ためらう意。○衢路…よつ辻。分かれ路。一本に「岐路」にも作る。○踟蹰…ためらう。○奄忽…たちまち。○斯須…「須臾」に同じ。○晨風…朝風。○賤軀…いやしい身。自分の謙称。

二人が会えるよい時は二度とこないのに、別れの時はまもなくやってくる。分かれ路でためらい、手をとりあって郊野にたちどまる。空を見上げれば浮雲が流れ、またたく間に流れてゆく。浮雲は一たび風に吹かれれば、各々天の一方に隔てられる。私たちもこれから長《なが》の別れ、まあまあしばらくここに立ちどまろう。朝風の吹くのに乗じて、風に乗って君をどこまでも送ってゆきたい。

与㆓蘇武㆒詩三首五言　其三　　蘇武《そぶ》に与《あた》ふる詩《し》三首五言《さんしゅごごん》　其《そ》の三《さん》

李《り》　陵《りょう》（前漢）

携㆑手上㆓河梁㆒　手《て》を携《たずさ》へて河梁《かりょう》に上《のぼ》る

遊子暮何之。
徘徊蹊路側
悢悢不能辞。
行人難久留
各言長相思。
安知非日月
弦望自有時。
努力崇明徳
皓首以為期。

遊子《ゆうし》暮《くれ》に何《いず》くにか之《ゆ》く
蹊路《けいろ》の側《かたわら》に徘徊《はいかい》して
悢悢《りようりよう》として辞《じ》する能《あた》はず
行人《こうじん》久《ひさ》しく留《とど》まり難《がた》し
各《おの》おの言《い》ふ 長《なが》く相思《あいおも》ふと
安《いず》くんぞ日月《じつげつ》に非《あらざ》るを知《し》らんや
弦望《げんぼう》自《おのずか》ら時有《ときあ》り
努力《どりよく》して明徳《めいとく》を崇《たか》くせよ
皓首《こうしゆ》以《もつ》て期《き》と為《な》さん

〇河梁…河の橋。〇蹊路…こみち。〇悢悢…悲しみかえりみるさま。〇弦望…欠けた月と満月。〇皓首…白髪の頭。老年。

君と手をとりあって橋に上る。旅人よ、君はこの日暮れにどこへ行くのか。私は小道のほとりをゆきつもどりつし、別れが辛くてさよならできないが、旅立つ君も長くは留まれまい。そこで、互いにいつまでも忘れまいと言いかわした。人の出会いはどうして太陽や月の満ち欠けと異なるだろうか、満月、半月の時が自然とあるように再会の時も必ずある。だから精一杯徳を積んで、白髪になってでも必ずまた会おう。

❖ 蘇武の詩のところで述べたように、偽作とみなされている。

李陵は匈奴と戦い、善戦むなしく敗れて虜となり、彼の地で没した悲劇の将。中島敦の小説「李陵」は、この間の事情をドラマチックに描いて興味深い。

この二つの詩は、李陵が蘇武と別れる場面を描いたものとされる。しかし、よく見れば、これも男女の別れの歌とするべきだろう。

成帝時童謡　二首

其一　燕燕尾涏涏

燕燕尾涏涏・
張公子時相見・
木門倉琅根。
燕飛来啄二皇孫一。

成帝《せいてい》の時《とき》の童謡《どうよう》　二首《にしゅ》

無《む》名《めい》氏《し》

其《そ》の一《いち》　燕《つばめ》よ燕《つばめ》よ尾《お》涏涏《てんてん》たり

燕《つばめ》よ燕《つばめ》よ尾《お》涏涏《てんてん》たり
張公子《ちょうこうし》時《とき》に相見《あいみ》る
木門倉琅《もくもんそうろう》の根《こん》あり
燕《つばめ》飛《と》び来《きた》りて皇孫《こうそん》を啄《つい》ばむ

皇孫死▲　燕啄レ矢▲　　皇孫死《こうそんし》すれば　燕《つばめ》矢《し》を啄《つい》ばむ

○成帝…前漢の第九代の皇帝。在位、前三三～前七。○燕燕…趙飛燕をさす。○涎涎…つやつやと美しいさま。宋本及び箋注本は「殿殿」に作るが、紀容舒の指摘に従い、『漢書』によって正した。○張公子…富平侯張放のこと。ここでは、成帝がおしのびで張公子の家人となり、趙飛燕を見そめたことを暗にいう。○木門倉琅根…宮門の銅環《かんぬき》。「倉琅」は青銅の青々としていること。「根」は門環を通してある金具。○啄皇孫…趙飛燕は子供ができなかったので、宮女が出産すると、妹の昭儀とはかってその子を殺したという。○啄矢…「矢」は糞。誅に伏したこと。

燕よ燕よ、尾がつやつや美しい。張の若様と時々顔をあわす。門には銅のかんぬきがつく身分となる。燕は飛び来たって皇孫をつっつく。皇孫が死ねば、燕は糞をつっつく。

◆皇子を殺した趙飛燕が誅されることを暗示している。

其二　桂樹華不レ実　　其《そ》の二《に》　桂樹華《けいじゆはな》さくも実《みの》らず

邪径敗二良田一。　　邪径《じやけい》は良田《りようでん》を敗《やぶ》る

讒口乱二善人一。　　讒口《ざんこう》は善人《ぜんにん》を乱《みだ》る

桂樹華不レ実　　桂樹華《けいじゆはな》さくも実《みの》らず

黄雀巣二其顛一○　　黄雀《こうじやく》 其の顛《いただき》に巣《す》くふ
昔為二人所一レ羨　　昔《むかし》は人《ひと》の羨《うらや》む所《ところ》と為《な》る
今為二人所一レ憐○　　今《いま》は人《ひと》の憐《あわれ》む所《ところ》と為《な》る

○桂樹…「桂」は赤い花が咲く。漢は火徳で赤色を尚ぶ。○華不実…成帝に後嗣がいないことをいう。○黄雀…王莽のこと。黄色は土徳を表す。○今為人所憐…趙飛燕は、最後に皇后の位を奪われ、庶民におとされて自殺した。

曲がった小道は良い田をそこない、讒言は善人をひどいめに遭わす。桂の樹には花が咲いても実は成らず。黄雀が桂の梢に巣くう。昔は人から羨まれたが、今は憐れみを受ける身の上。

◆王莽による漢朝簒奪を暗示する。これは全篇が五言で構成される詩の先駆的資料である。

戦城南

戦城《せんじよう》南《なん》　　無名氏《むめいし》（鼓吹曲《こすいきょく》辞《じ》・鐃歌《どうか》）

戦二城南一 死二郭北一•　　城南《じようなん》に戦《たたか》い 郭北《かくほく》に死《し》す

野死不レ葬烏可レ食•
為レ我謂レ烏　且為レ客豪○
野死諒不レ葬○
腐肉安能去レ子逃○
水深•激激　蒲葦冥冥△
梟騎戦闘死　駑馬徘徊鳴△
梁築レ室•
何以南　何以北•
禾黍不レ穫君何食•
願レ為二忠臣一安可レ得•
思二子良臣一　良臣誠可レ思□
朝行出攻　暮不二夜帰一□

野《の》に死《し》して葬《ほうむ》られず烏《からす》食《くら》ふべし
我《わ》が為《ため》に烏《からす》に謂《い》へ　且《しばら》く客《かく》の為《ため》に豪《ごう》せよ
野《の》に死《し》して諒《まこと》に葬《ほうむ》られず
腐肉《ふにく》安《いず》くんぞ能《よ》く子《し》を去《す》てて逃《のが》れんと
水深《みずふか》くして激激《げきげき》たり　蒲葦《ほい》冥冥《めいめい》たり
梟騎《きょうき》戦闘《せんとう》して死《し》し　駑馬《どば》徘徊《はいかい》して鳴《な》く
梁《はり》は室《しつ》を築《きず》くに
何《なに》を以《もっ》て南《みなみ》し　何《なに》を以《もっ》て北《きた》する
禾黍《かしょ》穫《か》らずんば君《きみ》何《なに》をか食《くら》はん
忠臣《ちゅうしん》為《た》らんことを願《ねが》ふとも安《いず》くんぞ得《う》べけん
子《し》の良臣《りょうしん》たらんことを思《おも》ふ　良臣《りょうしん》誠《まこと》に思《おも》ふべし
朝《あした》に行《ゆ》き出《い》でて攻《せ》め　暮《くれ》に夜帰《よるかえ》らず

○戦城南…漢代の鐃歌に属す。鐃歌はもと、鐃（どらの類）を鳴らして歌う軍中楽。○豪…俠気を出す。○梟騎…強い騎兵。○梁…うつばり。国家を支える人材のたとえ。

城の南で戦い、城郭の北で討ち死にする。野に死して遺体は葬られず、烏に食われる。戦死者の魂は言う、「おれたちのために烏に言ってくれ。どうかおとこ気を出して、しばらくの間食わずにいてくれ。どうせ野たれ死にした身の上なのだ、腐った肉となった身はおまえさんたちから逃げられやしないのだから」と。水はなんと深く激しく流れるのか、蒲や葦はなんと鬱蒼と茂っているのか。強い騎兵は討ち死にし、馬は主を失いうろつくばかり。家を築くには梁がいるが、（そのように）国家の棟梁の材となるべき立派な若者たちを、城南に、城北に、空しく討ち死にさせるとは。稲が刈られぬならば、主君は何を召し上がるのか（立派な若者たちが死んだら、主君は誰を頼りとされるのか）。国家の忠臣となろうと従軍したが、戦死してそれも叶わなかった。彼らが生き延びて太平の世を支える良臣となったらどうであったろうか、それこそまったく望ましいことである。しかし、朝に出陣して、早くも夕べには戦死してしまった。

❥ 民間楽府としての特徴を強く残す反戦歌。前半は、戦死者の遺体が烏に向かって吐く言葉により、戦争の悲惨さを訴え、後半は、有為の人材を失うことによる国家の損失を強調する。

上邪

上邪　我欲三与レ君相知
長命無二絶衰一
山無レ陵　江水為竭
冬雷震震　夏雨レ雪
天地合　乃敢与レ君絶

上邪《じようや》　無名氏《むめいし》（鼓《こ》吹曲《すいきょく》辞《じ》・鐃歌《どうか》）

上邪《じようや》　我君《われきみ》と相知《あいし》り
長命絶《ちようめいた》え衰《おとろ》ふること無《な》からんと欲《ほっ》す
山《やま》に陵無《おかな》くして　江水為《こうすいため》に竭《つ》き
冬雷震震《とうらいしんしん》として　夏《なつ》に雪雨《ゆきふ》り
天地合《てんちがっ》して　乃《すなわ》ち敢《あえ》て君《きみ》と絶《た》たん

○冬雷…雷は春に鳴り始めるものなので、冬の雷は陰陽の乱れとされる。

天よ！　私はこの君と愛し合い、命ある限り別れないと誓います。山に丘陵がなくなり、川に水がなくなり、冬に雷が鳴り、夏に雪が降り、天と地が一つに合わさるという天変地異でも起きたなら、その時はこの君と別れましょうけれども（それらが起きない限り、絶対に別れません）。

◆鐃歌の一。男女が天に向かい愛を誓う歌と見る。素朴であるだけに力強い。

江南

江《こう》南《なん》

無《む》名氏《めいし》（相和歌辞《そうわかじ》・相和曲《そうわきょく》）

江南可レ採レ蓮。
蓮葉何田田。
魚戯二蓮葉間一。
魚戯二蓮葉東一
魚戯二蓮葉西一
魚戯二蓮葉南一
魚戯二蓮葉北一

江南《こうなん》蓮《はす》を採《と》るべし
蓮葉《れんよう》何《なん》ぞ田田《でんでん》たる
魚《うお》は蓮葉《れんよう》の間《あいだ》に戯《たわむ》れ
魚《うお》は蓮葉《れんよう》の東《ひがし》に戯《たわむ》れ
魚《うお》は蓮葉《れんよう》の西《にし》に戯《たわむ》れ
魚《うお》は蓮葉《れんよう》の南《みなみ》に戯《たわむ》れ
魚《うお》は蓮葉《れんよう》の北《きた》に戯《たわむ》る

○蓮…「憐」に通じる。「愛」の隠語。「採蓮」は愛する人を探すことのたとえ。○田田…葉が水面を覆うさま。○魚…古代、愛情の象徴とされ、「魚戯」を男女の戯れるさまのたとえとする。また、「魚」と「吾」が音通すると取る説もある。

江南に蓮を採りましょう、蓮の葉は水面をびっしりと覆っている。魚は蓮の葉のあいだに戯れる。魚は蓮の葉の東に戯れる。魚は蓮の葉の西に戯れる。魚は蓮の葉の南に戯れる。魚は蓮の葉の北に戯れる。

❖ 蓮を採る時に歌った民歌。素朴な生き生きとした歌である。

薤路歌

薤路《かいろ》の歌《うた》　　無名氏《むめいし》（相和歌辞《そうわかじ》・相和曲《そうわきょく》）

薤 上 露　何 易レ晞
露 晞 明 朝 更 復 落
人 死 一 去 何 時 帰

薤上《かいじょう》の露《つゆ》　何《なん》ぞ晞《かわ》き易《やす》き
露晞《つゆかわ》けば明《みょう》朝《ちょう》更《さら》に復《ま》た落《お》つ
人死《ひとし》して一《ひと》たび去《さ》れば何《いず》れの時《とき》か帰《かえ》らん

○薤…おおにら。

おおにらの上の露は、あっという間に乾いてしまう。露は明日もまた葉の上から落ちるが、人は死んだら二度と戻らないのだ。

❖ 次の蒿里曲と共に漢代の挽歌（死者の棺を載せた車を挽《ひ》く歌）。薤露歌は貴人の葬儀に、蒿里曲は士大夫・庶人の葬儀に用いたとする説もある。

蒿里《こうり》の曲《きょく》

無名氏《むめいし》（相和歌辞《そうわかじ》・相和曲《そうわきょく》）

蒿里曲

蒿里誰家地
聚㆓斂魂魄㆒無㆓賢愚㆒
鬼伯一何相催促
人命不㆑得㆓少踟躕㆒

蒿里《こうり》は誰《た》が家《いえ》の地《ち》ぞ
魂魄《こんぱく》を聚斂《しゅうれん》して賢愚《けんぐ》無《な》し
鬼《き》伯一《はくいつ》に何《なん》ぞ相催促《あいさいそく》する
人命《じんめい》少《しばら》くも踟躕《ちちゅう》するを得《え》ず

○蒿里…地名。泰山の南。　○聚斂…集めて収める。　○魂魄…人が死ぬと、魂と魄とに分離する。魂は天上に上り、魄は地中に入る。　○鬼伯…死を司る長官。　○踟躕…ためらう。

蒿里とはいったいどういう地であろう、死後は賢者も愚者も魂と魄とをそこに集められるという。鬼伯が死後の世界へ来いと催促することの何と急激なことよ、これに呼ばれたら、ほんのちょっとの間も待ってはもらえないのだ。

孤児行

孤児生　孤児遇
生命当㆓独苦㆒
父母在時　乗㆓堅車㆒
駕㆓駟馬㆒
父母已去　兄嫂令㆓我行賈㆒
南到㆓九江㆒　東到㆓斉与魯㆒
臘月来帰　不㆓敢自言㆑苦
頭多㆓蟣虱㆒　面目多㆑塵
大兄言㆑弁㆑飯
大嫂言㆑視㆑馬

孤児行《こじこう》　無名氏《むめいし》（相和歌辞《そうわかじ》・瑟調曲《しっちょうきょく》）

孤児《こじ》の生《うま》るるや　孤児《こじ》の遇《ぐう》
生命《せいめい》当《まさ》に独《ひと》り苦《くる》しむべし
父母《ふぼ》在《いま》しし時《とき》　堅車《けんしゃ》に乗《の》り
駟馬《しば》に駕《が》す
父母《ふぼ》已《すで》に去《さ》りては　兄嫂《けいそう》我《われ》をして行賈《こうこ》せしむ
南《みなみ》は九江《きゅうこう》に到《いた》り　東《ひがし》は斉《せい》と魯《ろ》とに到《いた》る
臘月《ろうげつ》来《き》り帰《かえ》れども　敢《あえ》て自《みずか》ら苦《くる》しと言《い》はず
頭《かしら》蟣虱《きしつ》多《おお》く　面目《めんもく》塵《ちり》多《おお》し
大兄《たいけい》は飯《めし》を弁《べん》ぜよと言《い》ひ
大嫂《たいそう》は馬《うま》を視《み》よと言《い》ふ

上二高堂一　行取レ殿下レ堂
孤児涙下如レ雨•
使二我朝行汲一
暮得レ水来帰○
手為錯　足下無レ菲○
愴愴履レ霜　中多二蒺藜○一
抜断二蒺藜○一
腸肉中愴欲レ悲○
涙下渫渫　清涕累累○
冬無二複襦一　夏無二単衣○一
居レ生不レ楽　不レ如早去
下従二地下黄泉一
春気動　草萌レ芽△
三月蚕桑　六月収レ瓜△

高堂《こうどう》に上《のぼ》り　行《ゆ》いて殿《でん》に取《おもむ》き堂《どう》を下《くだ》る
孤児《こじ》涙《なみだ》下《くだ》ること雨《あめ》の如《ごと》し
我《われ》をして朝《あした》に行《ゆ》きて汲《みずく》ましめ
暮《くれ》に水《みず》を得《え》て来《きた》り帰《かえ》らしむ
手《て》為《ため》に錯《さく》し　足下《そくか》に菲《ひ》無《な》し
愴愴《そうそう》として霜《しも》を履《ふ》めば　中《うち》に蒺藜《しつれい》多《おお》し
抜《ぬ》いて蒺藜《しつれい》を断《た》たんとすれば
腸肉中《ちょうにくうち》に愴《いた》みて悲《かな》しまんと欲《ほっ》す
涙《なみだ》下《くだ》ること渫《ちょう》渫《ちょう》たり　清涕累累《せいているいるい》たり
冬《ふゆ》に複襦《ふくじゅ》無《な》く　夏《なつ》に単衣《たんい》無《な》し
生《せい》に居《お》るとも楽《たの》しからず　如《し》かず早《はや》く去《さ》りて
下《しも》地下《ちか》の黄泉《こうせん》に従《したが》はんには
春気《しゅんき》動《うご》きて　草芽《そうが》萌《きざ》し
三月蚕桑《さんがつさんそう》　六月瓜《ろくがつうり》を収《おさ》む

将㆓是瓜車㆒　来到還㆑家
瓜車反覆　助㆑我者少
啗㆑瓜者多
願還㆓我蔕㆒
兄与㆑嫂厳
独且急帰　当㆑興㆓校計㆒
乱曰里中一何譊譊
願欲㆘寄㆓尺書㆒
将与㆗地下父母㆖
兄嫂難㆓与久居㆒

是《こ》の瓜車《かしや》を将《すす》め　来《きた》り到《いた》りて家《いえ》に還《かえ》る
瓜車反覆《かしやはんぷく》するも　我《われ》を助《たす》くる者少《ものすくな》く
瓜《うり》を啗《くら》ふ者多《ものおお》し
願《ねが》はくは我《われ》に蔕《へた》を還《かえ》さんことを
兄《あに》と嫂《あによめ》と厳《げん》なり
独《ひと》り且《か》つ急《いそ》ぎ帰《かえ》らん　当《まさ》に校計《こうけい》を興《おこ》すべし
乱《らん》に曰《いわ》く里中《りちゆう》一《いつ》に何《なん》ぞ譊譊《どうどう》たる
願《ねが》はくは尺書《せきしよ》を寄《よ》せて
将《まさ》に地下《ちか》の父母《ふぼ》に与《あた》へんと欲《ほつ》す
兄嫂《けいそう》与《とも》に久《ひさ》しく居《お》り難《がた》しと

○遇…遭遇。○堅車…立派な車。○行賈…行商人。○九江…現在の安徽省の地方。○斉・魯…今の山東省の地方。○臘月…陰暦の十二月。○蟣虱…しらみ。○取殿…殿上を急いで走る。取は趣（おもむく）に通ずる。○錯…あかぎれ。○菲…わらぐつ。○蒺藜…はまびし。実にとげがある。○渫渫…涙が流れるさま。○校計…くらべはかる。勘定《かんじよう》する。○乱…一篇の内容をまとめて詠う部分。○譊譊…どなり声。

私が孤児となったのは、私の運命。一人で苦しむべき運命なのだ。両親が生きている時、立派な車、四頭だての馬車に乗る身だったが、両親が身まかってからは、兄夫婦が私に行商をさせる。南は九江まで、東は斉や魯まで。年の末の十二月に家に帰ったが、辛いなどとはとても言えない。頭は虱だらけ、顔は埃だらけ。兄は飯を作れと言い、兄嫁は馬の世話をしろと言う。そこで（両方の言いつけに従うため）堂に上がったり下がったりと走り回る。孤児である私の涙はとめどなく流れる。朝に水くみに行かされ、夕べにやっと水を手に入れて帰る。手はあかぎれだらけ、足にはわらぐつすら履かせてもらえない。うちひしがれて霜を踏めば、とげのあるはまびしがいっぱい。はまびしを足から抜き出せば、肉が痛くてこらえがたい辛さ。涙ははらはら、鼻水はとまらない。冬に暖かいあわせの衣を着せてもらえず、夏に涼しいひとえの着物を着せてもらえない。こんな人生に何の楽しみがあろう、両親のいます地下の黄泉へ行った方がましだ。春の風が吹いて草が芽吹く頃、三月には蚕の世話、六月には瓜の取り入れ。瓜を載せた車を引いて、家に帰ろうとする。車がひっくり返っても、助けてくれる人は少なく、かえって瓜を食べるやつが多い。頼むからへただけでも返してくれ！（食べられた証拠を示さなければならないから）兄夫婦は厳しいから急いで帰ろう、きっと数を勘定するだろう。まとめの歌——村中響く叱り声の激しさよ、手紙を書いて地下の両親に送りたい。「兄さん義姉さんと暮らしていくのは、辛くてもう耐えられない」と。

❖孤児の立場から辛さを訴える社会詩。叙事的手法で孤児の苦労を様々に描写する。同じように家庭内の悲劇を詠った楽府に「婦病行」がある。こちらは幼い子を抱えた家庭で妻が病気になるという内容。

烏生

烏生㆓八九子㆒
端㆓坐秦氏桂樹間。㆒
唶我
秦氏家有㆓遊遨蕩子㆒
工用㆓睢陽彊蘇合弾。㆒
左手持㆑彊弾両丸。
出㆓入烏東西㆒
唶我
一丸即発中㆓烏身。㆒
烏死魂魄飛㆓揚上天。㆒

烏《う》 生《せい》

無名氏《むめいし》（相和歌辞《そうわかじ》・相和曲《そうわきょく》）

烏《からす》 八九子《はつくし》を生《う》み
秦氏《しんし》の桂樹《けいじゅ》の間《かん》に端坐《たんざ》す
唶我《ああ》
秦氏《しんし》の家《いえ》に遊遨《ゆうごう》の蕩子《とうし》有《あ》り
工《たくみ》に睢陽《すいよう》の彊《ゆみ》と蘇合《そごう》の弾《たま》を用《もち》ふ
左手《ゆんで》に彊《ゆみ》を持《も》ち弾《たま》は両《りょう》 丸《がん》
烏《からす》の東西《とうざい》に出《しゅつ》 入《にゅう》す
唶我《ああ》
一丸即発《いちがんそくはつ》して烏身《うしん》に中《あた》る
烏《からす》 死《し》して魂魄上《こんぱくじょう》 天《てん》に飛揚《ひよう》す

阿母生二烏子一時
乃在二南山巌石間一
唶我
人民安知二烏子処一
蹊径窈窕安従レ通
白鹿乃在二上林西苑中一
射工尚復得二白鹿脯一
唶我
黄鵠摩レ天極二高飛一
後宮尚復得レ烹二煮之一
鯉魚乃在二洛水深淵中一
釣鉤尚得二鯉魚口一
唶我
人民生各各有二寿命一

阿母《あぼ》烏子《うし》を生みし時《とき》は
乃《すなわ》ち南山巌石《なんざんがんせき》の間《かん》に在《あ》り
唶我《ああ》
人民《じんみん》安《いず》くんぞ烏子《うし》の処《ところ》を知《し》らんや
蹊径窈窕《けいけいようちょう》として安《いず》くんぞ通《みち》に従《よ》らん
白鹿《はくろく》は乃《すなわ》ち上林《じょうりん》の西苑中《せいえんちゅう》に在《あ》るも
射工《しゃこう》尚《なお》復《ま》た白鹿《はくろく》の脯《ほじし》を得《え》たり
唶我《ああ》
黄鵠《こうこく》天《てん》を摩《ま》して高飛《こうひ》を極《きわ》むるも
後宮《こうきゅう》尚《なお》復《ま》た之《これ》を烹煮《ほうしゃ》するを得《え》たり
鯉魚《りぎょ》は乃《すなわ》ち洛水《らくすい》の深淵中《しんえんちゅう》に在《あ》るも
釣鉤《ちょうこう》尚《なお》鯉魚《ぎょ》の口《こう》を得《え》たり
唶我《ああ》
人民《じんみん》の生《い》くるや各各《おのおの》寿命《じゅみょう》有《あ》り

死 生 何 須㆔復 道㆓前 後㆒

死生《しせい》何《なん》ぞ須《すべか》らく復《ま》た前後《ぜんご》を道《い》ふべけんや

○喈我…感嘆詞。○睢陽…河南省にあった県名。○蘇合弾…「蘇合」は香の名。「弾」ははじき弓のたま。「蘇合弾」は香料を塗ったたまであろう。○彊…強いゆみ。○窈窕…奥深いさま。○上林西苑…「上林」は天子の御苑で、長安の西にあった。○脯…ほし肉。○黄鵠…黄色みを帯びた大きな白鳥の名。○烹煮…煮る。○釣鉤…釣り針。

烏が八、九匹の子を産み、秦氏の桂の木に巣を作った。ああ、その秦氏の家には放蕩息子がいて、上手に睢陽県産の強い弓と、香りつきのたまを使いこなす。左手にその弓とたまを持ち、烏を東から西から狙って撃った。ああ、弾が一瞬のうちに放たれて烏の身に当たり、その魂は天に昇った。母烏が子を産んだ時には、南山の岩の間にいた。ああ、人間が烏の子の居場所を知るはずがなかった、そこへの道ははるかで人間が行くことはできないのだから。白い鹿が上林の御苑にいるが、狩猟係に殺され、ほし肉にされてしまう。ああ、黄鵠は天をこするかのように高く飛ぶが、煮られて後宮の美女達のご馳走になってしまう。鯉は洛水の深い淵に潜むが、やはり釣り針に引っかかってしまう。ああ、人間の命もこのようなもの、それぞれ寿命というものがあるのだ、誰が先に死ぬかなどわからないのである。

◆ 動物の運命をたとえに、人間の運命のはかなさを詠う詩。前半で人間の世界に出てきた愚かさを風刺したかと思えば、後半はどんな所にいても死ぬことはある、と素朴な内容ながらひねりを利かせている。

後漢

桃（梁甫吟）

詠史詩

班《はん》　固《ご》（後漢）

三王徳弥薄
惟後用㆓肉刑㆒。
太倉令有㆑罪
就㆑逮長安城。
自恨㆓身無㆒㆑子
困急独煢煢。
小女痛㆓父言㆒
死者不㆑可㆑生。
上書詣㆓闕下㆒
思㆑古歌㆓鶏鳴㆒。

詠史《えいし》の詩《し》

三王《さんおう》の徳《とく》弥《いよ》いよ薄《うす》く
惟後《このご》肉刑《にくけい》を用《もち》ふ
太倉《たいそう》の令《れい》に罪《つみ》有《あ》り
逮《なわめ》に就《つ》く長《ちょう》　安城《あんじょう》
自《みずか》ら身《み》に子《むすこ》　無《な》きを恨《うら》み
困急《こんきゅう》し独《ひと》り煢煢《けいけい》たり
小女《すえむすめ》　父《ちち》の言《げん》を痛《いた》む
死者《ししゃ》は生《い》くべからず
上書《じょうしょ》もて闕下《けつか》に詣《いた》り
古《いにしえ》を思《おも》ひて鶏鳴《けいめい》を歌《うた》ふ

憂心摧折裂
晨風揚二激声一
聖漢孝文帝
惻然感二至情一
百男何憒憒
不レ如二一緹縈一

憂心《ゆうしん》摧《くだ》け折《お》れ裂《さ》け
晨風《しんぷう》 激声《げきせい》を揚《あ》ぐ
聖漢《せいかん》の孝文帝《こうぶんてい》
惻然《そくぜん》として至情《しじょう》に感《かん》ず
百《ひゃく》男《だん》何《なん》ぞ憒憒《かいかい》たる
一緹縈《いちていえい》に如《し》かず

○三王…夏の禹王、殷の湯王、周の文王あるいは武王。理想的な治世の時代と併称される。○肉刑…肉体を損傷する刑。黥《いれずみ》、劓《はなきり》、刖《あしきり》、宮刑等がある。淳于意《じゅんうい》は肉刑をのがれて笞《ち》刑（むちうち）を受けた。○太倉令…官名。郡国からの米穀を受理する役所。ここでは、淳于意をいう。○身無子…淳于意に息子がいなかった。『史記』孝文帝本紀に「太倉公は男《むすこ》無く、五女有り」とある。○煢煢…孤独で頼るところのないこと、あるいは、うれえる様子。○小女…ここでは、末娘緹縈のこと。○死者不可生…死者は生き返れない意。『春秋公羊《くよう》伝』にある語。○鶏鳴…『詩経』斉風の篇名。『毛詩』序によれば、斉の哀公が荒淫怠慢であるので、夜明けに早く帰るよう賢妃が戒めて歌ったという。○晨風…『詩経』秦風の篇名。秦の康公が穆公の偉業を忘れてその賢臣を棄てて顧みないのを刺《そし》った歌、という。○孝文帝…前漢の天子、文帝。在位は前一八〇～前一五七。三代以後の賢主と称される。○惻然…あわれみ、いたむ様子。○憒憒…くらい、はっきりしない様子。一本に「憒憒」に作る。

古代の聖天子の化した徳が次第に衰え、後年の今は肉刑が施行されている。太倉令の淳于意は法を犯した科《とが》で、長安の町へ連行されて行った。淳于意はあてにできる息子がいないのを恨み、切迫した事態に孤独なのを憂えた。末娘の緹縈は父の言葉がズキンと胸に響いた。「死者はもう生き返れぬ」のだ。天子様に上書しようと宮城の北門にゆき、古の賢妃が哀公を諫《いさ》めた「鶏鳴」篇を思いつつ上書すれば、父を憂える心は千々に乱れ砕けんばかり、哀訴の声は「晨風」篇のごとく人々の心を打った。漢の孝文帝は、緹縈の真情《まごころ》をあわれみいたみ、感動してついに肉刑を廃止したという。百人の男子がいてもなんとだらしないことか、一人の緹縈にも及ばないとは。

◆班固（三二〜九二）の時代、つまり一世紀の後半には五言詩が早くもある位置を占めていたことを示す詩である。作者の名を記す五言詩の最も初期のものである。班固は『漢書』の著者。歴史上の人物に感銘を受けての作である「詠史」の詩は、晋の左思をはじめ後世の多くの詩人に影響を与えた。

五噫歌　　五噫《ごい》の歌《うた》

梁《りょう》　鴻《こう》（後漢）

陟二彼北芒一兮噫　　彼《か》の北芒《ほくぼう》に陟《のぼ》り　噫《ああ》
顧二瞻帝京一兮噫　　帝京《ていきょう》を顧瞻《こせん》すれば　噫《ああ》
宮闕崔巍兮噫　　宮闕崔巍《きゅうけつさいぎ》たり　噫《ああ》

民之劬労兮噫　　民《たみ》の劬労《くろう》せる 噫《ああ》

遼遼未レ央兮噫　　遼《りよう》遼《りよう》として未《いま》だ央《つ》きず 噫《ああ》

○北芒…洛陽の北にある。墓地が多い。　○崔巍…高く険しい。

都の北、北芒山《ほくぼうざん》に登って、ああ、帝京を眺めると、ああ、宮城は高くそびえ立ち、さても立派なことよ。ああ、しかしながら民の苦労は、ああ、はてしなく続いて、尽きないものだなあ、ああ。

❦ 作者の梁鴻は、学識と徳義をもって名があったが、妻と共に覇陵《はりよう》山中（長安の東）に入り、隠逸生活を楽しんだ。妻の孟光は不美人であったが、夫を敬い、夫の食膳を自分の眉の高さまで捧げ持ってすすめたという。「五噫歌」は梁鴻が洛陽を過ぎた時に歌ったもの。章帝はこれを聞き梁鴻を求めたけれども、得られなかったという。

四愁詩　其一

四《し》愁《しゅう》詩《し》　其《そ》の一《いち》　　張《ちょう》衡《こう》（後漢）

我所レ思兮在二太山一　　我《わ》が思《おも》ふ所《ところ》は太山《たいざん》に在《あ》り

欲㆓往従㆒之梁父艱○
側㆑身東望涕霑㆑翰○
美人贈㆑我金錯刀△
何以報㆑之英瓊瑤△
路遠莫㆑致倚逍遥△
何為懐㆑憂心煩労△

往《ゆ》いて之《これ》に従《したが》はんと欲《ほっ》すれば梁《りょうほ》父艱《かん》なり
身《み》側《そばた》てて東望《とうぼう》すれば涕《なみだかん》翰を霑《うるお》す
美《び》人《じん》我《われ》に贈《おく》る金錯刀《きんさとう》
何《なに》を以《もっ》てか之《これ》に報《むく》ゐん英瓊瑤《えいけいよう》
路遠《みちとお》くして致《いた》す莫《な》く倚《よ》りて逍遥《しょうよう》す
何為《なんす》れぞ憂《うれい》を懐《いだ》いて心煩労《こころはんろう》す

○太山…泰山。五岳の一。王君のたとえ。○梁父…泰山の麓にある小山。小人のたとえ。○翰…ころも。○金錯刀…黄金を鏤めた刀。高い爵位、良い待遇のたとえ。○英瓊瑤…美しい玉。仁義の道のたとえ。○煩労…君主が邪な臣下に取り巻かれていることを憂う。

私は泰山（わが主君）を想い、お側に行きたいと思うのだが、梁父の山（つまらぬ輩）に隔てられて近づけぬ。不安で落ち着かず、はるかに東を望めば、涙が衣を潤す。美人（主君）は私に黄金を鏤めた刀（高い爵位と良い待遇）を送って下さった。このお心に何をもって報いよう、それには美しい玉（仁義の道）をもってお返し申し上げたい。しかし、道が遠い（つまらぬ輩が邪魔をしている）ので、差し上げるすべがない。空しく門にもたれ、またさまよい歩く。私はどうしてこのように憂いを抱き、苦しんでいるのだろうか（ひとえに主君の御身を想うゆえ）。

● 七言詩の初期の作品の一つ。四首から成り、それぞれ想う人が東、南、西、北にいるという設定で主君への想いを詠う。ほかの三首はわずかな語句の違いがあるものの、ほぼ同じ内容。作者の張衡は、大作「二京賦」の作者でもある。天下の衰えを嘆き、主君に仁義の道をもって諭したいと考え、この詩を作ったという。

古詩十九首

其一

行行重行行
与レ君生別離。
相去万余里
各在二天一涯一。
道路阻且長
会面安可レ知。
胡馬依二北風一

古詩《こし》十九首《じゅうきゅうしゅ》　無《む》名《めい》氏《し》

其《そ》の一《いち》

行《ゆ》き行《ゆ》きて重《かさ》ねて行《ゆ》き行《ゆ》く
君《きみ》と生《い》きながら別離《べつり》す
相去《あいさ》ること万余里《ばんより》
各《おの》おの天《てん》の一涯《いちがい》に在《あ》り
道路《どうろ》は阻《そ》にして且《か》つ長《なが》し
会面《かいめん》 安《いず》くんぞ知《し》るべけん
胡馬《こば》は北風《ほくふう》に依《よ》り

越鳥巣㆓南枝㆒◦
相去日已遠•
衣帯日已緩•
浮雲蔽㆓白日㆒
遊子不㆓顧反㆒•
思㆑君令㆓人老㆒
歳月忽已晩•
棄捐勿㆓復道㆒
努力加㆓餐飯㆒•

越鳥《えつちよう》は南枝《なんし》に巣《す》くふ
相去《あいさ》ること日《ひ》に已《すで》に遠《とお》く
衣帯《いたい》日《ひ》に已《すで》に緩《ゆる》む
浮雲《ふうん》　白日《はくじつ》を蔽《おお》ひ
遊子《ゆうし》顧反《こへん》せず
君《きみ》を思《おも》へば人《ひと》をして老《お》いしむ
歳月《さいげつ》　忽《たちま》ち已《すで》に晩《く》れぬ
棄捐《きえん》せらるるも復《ま》た道《い》ふこと勿《な》からん
努力《どりよく》して餐飯《さんぱん》を加《くわ》へよ

○行行…行き行くさま。○生別離…生きながら別れていること。『楚辞』九歌・少司命に「悲しみは生別離より悲しきは莫し」とある。○天一涯…天の一方の果て。遠いたとえ。○阻且長…「阻」は山路が険しく重なる、転じて、へだてる意。「長」は遠い。○胡馬依北風、越鳥巣南枝…「依」を、『玉台新詠』では、「嘶」に作る。「胡馬」は胡国（北方の国）に産する馬、「越鳥」は南方の越に生まれた鳥。どちらも故郷の忘れ難いたとえ。また、南北に分かれて往来できないたとえ。○衣帯日已緩…「衣帯」は着物の帯。憂いで体がやせて日ましに帯が緩くなる。○浮雲蔽白日…「浮雲」は空に浮かぶ雲、「白日」は輝く太陽。伝統的な解釈では、白日は君主、浮雲は邪悪な臣であるが、白日を亭主に、浮雲を亭主を迷わす女と解釈するのがよい。○遊子…旅にある人。○思君令人老…『詩経』小雅・小弁に「仮寐《かび》永嘆し、維れ憂ひ用《もつ》て老ゆ」とある。○棄捐…捨てる。うちすてられる。また、すておく。○努力加餐飯…「加餐飯」はごはんを多く食べること。体を大切に、お元気で、と相手にいう慣用句。

あなたは旅を重ねて行き、私は生き別れの悲しみを抱いています。二人は万里も遠く離れて、それぞれが天の果てにいるかのよう。あなたの所への道はけわしく遠く、また会う日のことなどいつのことでしょう。北の馬は故郷をしのんで北風になき、南の鳥は故郷に近かれと南の枝に巣くうとか。二人の間は日に日に遠くなり、私は日に日にやせて着物の帯もゆるくなる。浮き雲が太陽をおおうように、夫の心は惑わされ私をふりかえろうともしない。あなたのことばかり思いつめて老けこんでゆく私。歳月は容赦なく過ぎてゆく、捨てられた私はもう怨み言はいうまい。どうぞあなた、お体を大切に。

❖「古詩十九首」の制作年代については、今日、後漢中期以降とするのが妥当のようである。読み人知らずの作であり、しかも同じ作者による連作でもない。しかし、五言詩の発展過程においては一大エポックをなす詩群といってよい。十九首すべてを収めるのは『文選』だが、『玉台新詠』にもそのうちの十二首を載せる。

ところで、十九首の其一の詩は、古詩中もっとも有名な作品の一つで、後世に対する影響も大きい。主な解釈に三通り（一つは前半八句で切れると見て、前半を夫、後半を妻の立場でかけ合いに詠《うた》ったもの。二つは全部を夫、三つは全部妻の立場で詠うとするもの）あるが、もっとも自然なのは一の解。但し、後世、この作品を典故とする場合、ほとんどが全部を妻の立場で詠う三の解をとるので、ここでは、三の解に従って訳しておく。三の解でもそれほど不自然さはない。

最後の句の「努力して餐飯を加へよ」は、相手の健康を祈る挨拶語だが、「つとめて食事をとるように」という言葉によって、捨てられた女のいじらしさがにじみ出る。

其二

青青河畔草
鬱鬱園中柳。
盈盈楼上女
皎皎当㆓窓牖㆒。
娥娥紅粉粧
繊繊出㆓素手㆒。
昔為㆓倡家女㆒
今為㆓蕩子婦㆒。
蕩子行不㆑帰
空牀難㆓独守㆒。

其《そ》の二《に》

青青《せいせい》たる河畔《かはん》の草《くさ》
鬱鬱《うつうつ》たる園中《えんちゅう》の柳《やなぎ》
盈盈《えいえい》たる楼上《ろうじょう》の女《じょ》
皎皎《きょうきょう》として窓牖《そうゆう》に当《あ》たる
娥娥《がが》たる紅粉《こうふん》の粧《よそお》ひ
繊繊《せんせん》として素手《そしゅ》を出《いだ》す
昔《むかし》は倡家《しょうか》の女《じょ》たり
今《いま》は蕩子《とうし》の婦《つま》たり
蕩子《とうし》 行《ゆ》きて帰《かえ》らず
空牀《くうしょう》 独《ひと》り守《まも》ること難《かた》し

○青青…あおあおと茂ったさま。○鬱鬱…樹木がこんもりさかんに茂ったさま。○盈盈…ふくよかにみずみずしい。美しい女性のさま。○皎皎…明るく白く輝くさま。「古詩十九首」其十に「皎皎河漢女」とある。○窓牖…まど。かべにうがったまど。○娥娥紅粉粧…「娥娥」は女子の容貌の美しいこと。「紅粉」はべに・おしろい。○纖纖出素手…「纖纖」は細く柔らかい美人の手の形容。「素手」は白い手。○倡家女…「倡家」は妓楼、遊女屋。お茶屋のうたひめ。○蕩子…遠行して帰らない者。道楽者。○空牀…相手（夫）のいない寝台。

青々とした岸辺の草、こんもり茂った庭の柳。つややかな女性が高殿にいて、白く輝く顔を窓からのぞかせている。あでやかな紅・おしろいのよそおいに、ほっそりした白い手をみせている。昔は妓楼の歌姫だったが、今は道楽者の妻。旅に出たまま夫は帰らず、独り寝のさびしさにたえられない。

◆旅に出た夫を待つ妻の歌。最初の六句に、「青青」「鬱鬱」「盈盈」「皎皎」「娥娥」「纖纖」と畳語をたたみかけ、悲哀の歌でありながら不思議ななまめかしさを出している。

其三

青青陵上柏
磊磊磵中石
人生㆓天地間㆒
忽如㆓遠行客㆒

其《そ》の三《さん》

青青《せいせい》たり陵上《りようじよう》の柏《はく》
磊磊《らいらい》たり磵中《かんちゆう》の石《いし》
人《ひと》天地《てんち》の間《かん》に生《う》まれ
忽《こつ》として遠行《えんこう》の客《かく》の如《ごと》し

斗酒相娯楽
聊厚不レ為レ薄・
駆レ車策二駑馬一
遊二戯宛与一レ洛・
洛中何鬱鬱
冠帯自相索・
長衢羅二夾巷一
王侯多二第宅一・
両宮遥相望
双闕百余尺・
極宴娯二心意一
戚戚何所レ迫・

斗《と》酒《しゅ》もて相娯《あいご》楽《らく》し
聊《いささ》か厚《あつ》しとして薄《うす》しと為《な》さず
車《くるま》を駆《か》りて駑《ど》馬《ば》に策《むち》うち
宛《えん》と洛《らく》とに遊戯《ゆうぎ》す
洛中《らくちゅう》何《なん》ぞ鬱鬱《うつうつ》たる
冠帯《かんたい》自《みずか》ら相索《あいもと》む
長衢《ちょうく》は夾巷《きょうこう》を羅《つら》ね
王侯《おうこう》第宅《ていたく》多《おお》し
両宮《りょうきゅう》遥《はる》かに相望《あいのぞ》み
双闕《そうけつ》百余尺《ひゃくよしゃく》
極宴《きょくえん》して心意《しんい》を娯《たの》しましめば
戚戚《せきせき》何《なん》ぞ迫《せま》る所《ところ》あらん

○青青陵上柏…「陵」は丘。「柏」はひのき・このてがしわなどの常緑樹の総称。○磊磊磵中石…「磊磊」

は石が重なりあって多いさま。「磵」はたにがわ、山あいの川。○人生天地間…『文選』巻二九で、李善は『尸子』を引き、「老萊子曰く、人の天地の間に生まるるは、寄《やど》るなり。寄る者は固《もと》より帰る」と。○遠行客…遠くへ旅をする人。『列子』天瑞に「死人、帰人たれば則ち、生人は行人たり」とある。○斗酒…一斗の酒。一斗は今の一升ぐらい。○聊…いささかと訓ずるが不満足の意ではない。すこし、かりそめ、しばらくの意。○駑馬…のろい馬。下等の馬。やせ馬。○宛与洛…「宛」は今の河南省南陽県にある。洛陽の南にあり、南都といわれた。「洛」は洛陽、現在の河南省洛陽県にある。東都と称される。南都と洛陽は、漢の頃、邯鄲・臨淄・成都とともに五都と呼ばれ、栄えた。○鬱鬱…もののさかんなさま。○冠帯…冠《かんむり》と帯をつける人。身分の高い人。○長衢羅夾巷…「長衢」は長く続く大通り。「夾巷」はせまい通り、小路。○王侯多第宅…「王侯」は諸王や諸侯。「第宅」は高貴な身分の人のすまい。○両宮…洛陽には南宮と北宮があった。蔡質の『漢官典職』に「南宮北宮相去ること七里」とある。○双闕…門の上の左右に二つならんである楼。○極宴…最上至極の宴会。○戚戚…うれえ、おそれるさま。

青々とした丘の上の柏、ごろごろしている谷川の石。人はこの世に生まれながら、たちまち遠くへ旅立つ人のように消え去る。一斗の酒でともに楽しみあい、まずまず満足して不足に思うまい。やせ馬にむちをあてて車を走らせ、宛か洛の町へ行って遊ぶ。洛陽の町並みはなんと繁華なことか、高貴な人達が各々訪問しあっている。長い大通りはせまい横路を多くつらね、諸王諸侯の立派なお屋敷がたちならんでいる。南北の宮殿ははるかに向かいあい、その左右の門は高さが百余尺もある。こんなにすてきな町で最高の酒盛りをして楽しめば、憂いなぞどうして我が身に迫ってこようか。

◆ 短い人生、大いに楽しむべし、といった歌。楽しみは酒を飲み、賑やかな街で「極宴」すること。自分自身が王侯貴族となって街に第宅を構えなくともよいのである。遊びたくなれば、駑馬に鞭打ち、街に出かければよい。足ることを知った生き方といえよう。

其四

今日良宴会
歓楽難二具陳一。
弾レ箏奮二逸響一
新声妙入レ神。
令徳唱二高言一
識レ曲聴二其真一。
斉レ心同レ所レ願
含レ意倶未レ申。
人生寄二一世一
奄忽若二飇塵一。
何不下策二高足一

其《そ》の四《し》

今日《こんにち》 良《りよう》宴会《えんかい》
歓楽《かんらく》 具《つぶさ》には陳《の》べ難《がた》し
箏《そう》を弾《だん》じて逸響《いつきよう》を奮《ふる》ひ
新声《しんせい》妙《みよう》にして神《しん》に入《い》る
令徳《れいとく》 高言《こうげん》を唱《とな》ふれば
曲《きよく》を識《し》るもの其《そ》の真《しん》なるを聴《き》く
心《こころ》を斉《ひと》しうして願《ねが》ふ所《ところ》を同《おな》じくす
意《い》を含《ふく》めども倶《とも》に未《いま》だ申《の》べず
人生《じんせい》 一世《いつせい》に寄《よ》す
奄忽《えんこつ》として飇塵《ひようじん》の若《ごと》し
何《なん》ぞ高足《こうそく》に策《むち》うちて

先拠要路津

無為守窮賤

轗軻長苦辛

先《ま》づ要路《ようろ》の津《しん》に拠《よ》らざる

為《な》す無《な》かれ窮賤《きゅうせん》を守《まも》り

轗軻《かんか》して長《なが》く苦辛《くしん》することを

○弾箏奮逸響…「箏」はこと。瑟に似た竹製の楽器。古くは五弦または十二弦で、唐以後は十三弦。「逸響」はすぐれたしらべ。○新声妙入神…「新声」は新しく作った楽曲、流行の曲。「入神」は神わざかと思われるほど技芸などをきわめる。劉向の「雅琴賦」に「窮音の至り、神に入る」とある。○令徳…歌のうまい人、あるいは高い徳のある人。○高言…けだかい言葉。○人生寄一世…「寄」はかりそめに身を寄せる。「世」は一生、その時代。○奄忽若飆塵…「奄忽」はたちまち、あわただしく。「飆塵」は大風にひるがえるちり。○高足…はやい足。転じて、すぐれた馬、駿馬。○要路津…「要路」は重要な地位、権勢のある地位またはその地位にある人。「津」は舟の渡し場。○窮賤…貧しくいやしい。○轗軻…車の行きなやむさま。転じて志を得ないさま。

今日のすてきな宴会、その楽しさは詳しく述べられない。箏をひいてすばらしい響きをあげるのを聞くと、その新曲は神わざかと思われる。歌のうまい人が、けだかい言葉を歌えば、音曲をよく知る者はその中に真理を聞く。(富貴を)願うことは皆同じだが、口には出さない。人生はただその生ある間のかりずまい。たちまち風にひるがえる塵のようなものだ。どうして駿馬にむちうって権勢ある人のつてにすがりつき、(富貴栄達を)はからないでよかろう。いつまでも貧しく卑しい身分に甘んじて、不遇をかこちつつ苦労をするものではない。

● この詩は其三と対になっているような感がある。短い人生遊ばにゃ損と割りきるところは同じだが、こちらの方は「駑馬」では駄目なのである。駿馬に乗って自らが富貴の地位を手にいれなければ気がすまない。

其五
西北有㆓高楼㆒
上与㆓浮雲㆒斉○
交疏結綺牕
阿閣三重階○
上有㆓絃歌声㆒
音響一何悲○
誰能為㆓此曲㆒
無㆓乃杞梁妻㆒○
清商随㆑風発
中曲正徘徊○
一弾再三歎

其《そ》の五《ご》
西北《せいほく》に高楼《こうろう》有《あ》り
上《かみ》は浮雲《ふうん》と斉《ひと》し
交疏《こうそ》せる結綺《けつき》の牕《まど》
阿閣《あかく》 三重《さんちょう》の階《きざはし》
上《かみ》に絃歌《げんか》の声《こえ》有《あ》り
音響《おんきょう》一《いつ》に何《なん》ぞ悲《かな》しき
誰《たれ》か能《よ》く此《こ》の曲《きょく》を為《つく》る
乃《すなわ》ち杞梁《きりょう》の妻《つま》たる無《な》からんや
清商《せいしょう》 風《かぜ》に随《したが》ひて発《はっ》し
中曲《ちゅうきょく》 正《まさ》に徘徊《はいかい》す
一《ひと》たび弾《ひ》きて再《ふたた》び三《み》たび歎《たん》ず

慷慨有二余哀一。
不レ惜二歌者苦一
但傷二知音稀一。
願為二双鳴鶴一
奮レ翅起高飛。

慷慨《こうがい》して余《よ》哀《あい》有《あ》り
歌《うた》ふ者《もの》の苦《くる》しみを惜《お》しまず
但《た》だ知音《ちいん》の稀《まれ》なるを傷《いた》む
願《ねが》はくは双鳴鶴《そうめいかく》と為《な》り
翅《はね》を奮《ふる》ひて起《た》ちて高《たか》く飛《と》ばん

○交疏結綺牕…すかしぼりのあや模様の窓。○阿閣三重階…「阿」は軒。「閣」は高楼。四隅に軒のある三層の高どの。○絃歌声…絃楽器をひいて歌う声。○音響一何悲…『説苑』尊賢に「今日の琴、一に何ぞ悲しき」とある。○杞梁妻…春秋、斉の杞梁（名は殖、梁は字）の妻。劉向の『列女伝』貞順に伝がある。斉の荘公が莒《きょ》を襲い、杞梁がその役で死んだ時、杞梁の妻はその屍を得て十日哭し、葬った後、淄水に身を投じて死んだ。「杞梁妻嘆」という曲を作ったという。また、『古詩賞析』巻二に杞梁の妻の作（一作杞梁妻歎）として琴曲と題する曲がある。夫の戦死を悲しんで作ったという。『左伝』『礼記』『孟子』『韓詩外伝』に見える。○清商…音楽の基本五音（宮・商・角・徴《ち》・羽）の一つ。殊に澄んだ音。「商」は五行の金（季節、秋）の曲で、哀愁のこもった澄んだ音の別称。唐の李周翰は「清商は歌声なり」といい、『淮南子』本経訓の高誘の注に「商は清み宮は濁れり」とある。○歎…太息。ためいきをつく。○慷慨有余哀…「慷慨」は志を得ない壮士の心。「余哀」はありあまる哀しみ。○知音…音楽を真に理解する人。自分の価値を見抜いている人。○双鳴鶴…『玉台新詠』巻一では、「鳴鶴」を「鴻鵠」に作る。○奮翅起高飛…『楚辞』に「将に翼を奮つて高く飛ばんとす」とある。

西北のほうに高殿がある。高くそびえて浮き雲と同じくらいの高さ、透かしぼりのあや模様の窓に、四方にひさしの張り出した三層のつくり。高殿の上から絃歌の声が聞こえてくるが、なんと悲しいひびきであろう。誰がこの曲をかなでているのだろう。杞梁の妻ではなかろうか。清らかな悲しい調べが風にのって聞こえ、曲の半ばでたゆたっている。一たび弾いては二度三度と嘆息し、あふれる哀しみに感きわまっているようだ。歌う苦労は少しも苦にしないが、ただ知音の人少なきに心を痛めるもの。なろうことならよい人とつがいの鳥のように翼をふるって大空高く飛んで行きたい。

◆「杞梁の妻」の語が「夫を亡くした妻」を暗示しているので、この詩のテーマを「思婦」（物思う妻、の意）ととることもできる。しかし、「但だ知音の稀なるを傷む」の句には、明らかに「士不遇《しふぐう》」（人に認められない怨み、才がありながら世に知られない嘆き）の響きがある。最後の二句も後半の「高く飛」ぶことにウエイトが置かれているとみる。こちらの方に主眼があるとみるべきであろう。

其六

渉レ江 采二芙 蓉一
蘭 沢 多二芳 草一•
采レ之 欲レ遺レ誰
所レ思 在二遠 道一•

其《そ》の六《ろく》

江《こう》を渉《わた》りて芙蓉《ふよう》を采《と》る
蘭沢《らんたく》には芳草《ほうそう》多《おお》し
之《これ》を采《と》りて誰《たれ》にか遺《おく》らんと欲《ほっ》す
思《おも》ふ所《ところ》は遠道《えんどう》に在《あ》り

還顧望㆓旧郷㆒
長路漫浩浩
同㆑心而離居
憂傷以終老

還顧《せんこ》旧郷《きゅうきょう》を望《のぞ》めば
長路《ちょうろ》漫《まん》として浩浩《こうこう》
心《こころ》を同《おな》じくして離《はな》れ居《す》む
憂《うれ》ひ傷《いた》んで以《もっ》て終老《しゅうろう》せん

○芙蓉…はすの花。○蘭沢多芳草…「蘭沢」は蘭の生えている沢。「芳草」は香り草。ふじばかま。○所思…妻あるいは親友、恋人。『楚辞』九歌・山鬼に「芳馨を折りて、思ふ所に遺《おく》らん」とある。○還顧…ふりかえってみる。旋顧。回顧。○漫浩浩…「漫」ははるかに遠い。「浩浩」は広がって果てしないさま。○同心而離居…「同心」は『周易』繋辞伝上に「二人同心」とある。「離居」は『楚辞』九歌・大司命に「将に以て離居に遺らんとす」とある。わかれわかれに住んでいる。○憂傷以終老…『詩経』小雅・小弁に「仮寐永嘆、維憂用老」(其一の語釈「思君令人老」参照)とある。「憂傷」はうれえ悲しむ。「終老」は晩年を過ごす。

川を渡って蓮の花を摘む。蘭沢には、他にも香り草がたくさん生えている。蓮を摘んで一体誰に贈るのか、恋人は遠い所にいるのに。ふりかえって故郷の方を眺めやれば、長い道が果てしなく続いている。愛しあいながらはなればなれに暮らしていれば、憂いと悲しみのために老いぼれてしまうのだ。

◆ 女から男へ、男から女へ、との二つの解があるが、江を渉ったり、ふり返って故郷の方を眺める、といったところから後者の解をとる。いわゆる「征夫」(外に出た男が故郷や妻を思うこと)がテーマとなっている。

其七

明月皎夜光
促織鳴二東壁一
玉衡指二孟冬一
衆星何歴歴
白露沾二野草一
時節忽復易
秋蟬鳴二樹間一
玄鳥逝安適
昔我同門友
高挙振二六翮一
不レ念二携レ手好一
棄レ我如二遺跡一

其《そ》の七《しち》

明月《めいげつ》 皎《きよう》として夜光《よるひか》り
促織《そくしよく》 東《ひがし》の壁《かべ》に鳴《な》く
玉衡《ぎよくこう》 孟冬《もうとう》を指《さ》し
衆星《しゆうせい》 何《なん》ぞ歴歴《れきれき》たる
白露《はくろ》は野草《やそう》を沾《うるお》し
時節《じせつ》は忽《たちま》ちに復《ま》た易《かわ》れり
秋蟬《しゆうぜん》 樹間《じゆかん》に鳴《な》き
玄鳥《げんちよう》 逝《ゆ》きて安《いず》くにか適《ゆ》く
昔《むかし》 我《わ》が同門《どうもん》の友《とも》
高《たか》く挙《あ》がりて六翮《りくかく》を振《ふ》るふ
手《て》を携《たずさ》へし好《よしみ》を念《おも》はず
我《われ》を棄《す》つること遺跡《いせき》の如《ごと》し

南箕北有レ斗
牽牛不レ負レ軛•
良無二盤石固一
虚名復何益•

南《みなみ》に箕《き》あり北《きた》に斗《と》有《あ》り
牽牛《けんぎゅう》も軛《くびき》を負《お》はず
良《まこと》に盤石《ばんじゃく》の固《かた》さ無《な》くんば
虚名《きょめい》 復《ま》た何《なん》の益《えき》かあらん

○皎…白く輝くさま。○促織…こおろぎ。秋が立つと、女性の仕事が急がれるので、これを促すために鳴く虫といわれる。○玉衡…北斗七星の第五星の名。また、第五、第六、第七の三つの星とも。北斗七星のひしゃくの柄に当たる部分。ある時刻に指している方向を、季節を知る目安とした。○孟冬…初冬。○歴歴…明らかなさま。一つ一つはっきり見える。○白露沾野草…『礼記』月令に「孟秋の月、白露降る」とある。○秋蟬…秋に鳴くせみ。ひぐらし。○玄鳥…つばめ。『礼記』月令に「仲秋の月―中略―盲風至り、鴻雁来り、玄鳥帰る」とある。○六翮…大きな鳥の翼。○携手好…手を取り合って遊んだ仲のよさ。○如遺跡…「遺跡」は足あとをすてて顧みない。すこしも惜しがらないたとえ。○南箕北有斗…「箕」も「斗」も星の名。有名無実のたとえ。○牽牛不負軛…「軛《くびき》」は、車の轅《ながえ》の端につけて、牛馬の首の部分を押さえる横木。牽牛星も、牽牛という名だけで、実際に車を引くための軛を負わない。○盤石…大きな岩石。どっしり落ち着いて、びくとも動かぬたとえ。

明月は白々と夜中に輝き、こおろぎは東の壁で鳴いている。玉衡星は初冬の方向を指し、たくさんの星もそれぞれ何とはっきり輝いていることだろう。白露が野辺の草を潤して、季節はまたたく間に移った。ひぐらしが木々の間で鳴き、つばめはどこかを目指して去った。昔、机を並べた仲間達は、大鳥が高く舞い上がるように出世したが、昔の友情なぞ思いもせず、足跡を捨てて顧みないように私を見捨てている。南の空に箕星が、北の空には斗星が輝き、牽牛星も軛を負うこともなく輝いている。本当に大岩の固さがない友情は、友情という虚名があっても何の役に立つだろうか。

◆高い位に上った旧友が、かつての好《よしみ》を忘れ、自分をふり返ってもくれぬことを嘆く歌。前半の八句が、瞬く間に心変わりしてしまった「同門の友」を引き出す序詞《じょことば》的な役目をしている。秋から冬へと見る見るうちに変化してゆく状景を、夜空に輝く星や白露を用いて描き、冷たい透明感を出している。そして、それが、ややもすればうす汚くなりがちな旧友に対する妬みを浄化しているようだ。

其八

冉冉孤生竹
結㆓根泰山阿㆒
与レ君為㆓新婚㆒
兎糸附㆓女蘿㆒
兎糸生有レ時
夫婦会有レ宜

其《そ》の八《はち》

冉冉《ぜんぜん》たる孤生《こせい》の竹《たけ》
根《ね》を泰山《たいざん》の阿《くま》に結《むす》ぶ
君《きみ》と新婚《しんこん》を為《な》すは
兎糸《とし》の女蘿《じょら》に附《つ》くがごとし
兎糸《とし》の生《しょう》ずるに時有《ときあ》り
夫婦《ふうふ》の会《かい》するに宜《よろ》しき有《あ》り

千里遠結レ婚
悠悠隔二山陂一
思レ君令二人老一
軒車来何遅
傷彼蕙蘭花
含レ英揚二光輝一
過レ時而不レ采
将下随二秋草一萎上
君亮執二高節一
賤妾亦何為

千里《せんり》に遠《とお》く婚《こん》を結《むす》び
悠悠《ゆうゆう》として山陂《さんぱ》を隔《へだ》つ
君《きみ》を思《おも》へば人《ひと》をして老《お》いしむ
軒車《けんしゃ》の来《きた》ること何《なん》ぞ遅《おそ》き
傷《いた》む 彼《か》の蕙蘭《けいらん》の花《はな》の
英《はな》を含《ふく》みて光輝《こうき》を揚《あ》ぐも
時《とき》を過《す》ごして采《と》らずんば
将《まさ》に秋草《しゅうそう》に随《したが》ひて萎《な》えんとするを
君《きみ》 亮《まこと》に高節《こうせつ》を執《と》らば
賤妾《せんしょう》 亦《ま》た何《なに》をか為《な》さん

○冉冉…なよなよ、しなやかなさま。柔らかくて下垂するさま。○孤生竹…「孤生」はよるべない身。「孤生竹」は、群生せず、ポツンと生えている竹。○泰山阿…「泰山」は、山東省にある山の名、五岳の一。太山ともいう。「阿」は、おか、山の曲がって入りくんだ所。○兎糸・女蘿…ともにつる草の名。ねなしかずら。「女蘿」は日陰葛ともいう。○悠悠隔山陂…「悠悠」ははるかなさま。「山陂」は山の坂。「陂」は、ここでは、慣習上ハ（サンパ）とよむが、ヒという音もあり、韻に叶っている。○思君令人老…この句は「古詩十九首」其一にもある。○軒車…身分の高い人が乗る車。○蕙蘭花…香り草。らんの一種。○含英…「英」は、うるわしい。○将随秋草萎…『楚辞』七諫・沈江に「秋草、栄《はな》其れ将に実《むす》ばんとするに、微霜下りて夜殞《おと》す」とある。○執高節…「高節」は高い節操。他の女性に心を移さない意。○賤妾亦何為…「賤妾」は女性が自分をいう時の謙遜語。「亦」を「擬」に作るものもある。

なよなよとした竹が一本、泰山のふもとに生えている。あなたと結婚するのは、根なしかずらが根なしかずらにつくようなもの。根なしかずらが生えるのに時期があるように、夫妻の出会いにも適当な時期がある。結婚したものの千里も遠く離れたまま、はるかに山坂に隔てられている。あなたを思う心労で老けこんでしまう。立派な車に乗って迎えにくるはずなのに、どうしてこんなにも遅いの。かわいそうなのはあの蕙や蘭の花。美しさを秘めて光り輝くように咲いているが、花の盛りに摘まれなかったら、やがて秋草と同じ霜にあたってしぼんでしまう。もっともあなたが操を守るなら、私は何を申しましょう。

❦テーマは「思婦」。結婚して間もなく遠く離れてしまった夫を思う詩だが、相手が同じかずらではどうしようもない。頼りないのは初めからわかっていた。後に、杜甫が「新婚別」の中で、「菟糸蓬麻（よもぎやあさ）に附す　蔓《つる》を引くこと故《もと》より長からず　女《むすめ》を嫁にして征夫に与ふるは　路傍に棄つるに如《し》かず」というのは、この詩をふまえて発展させたもの。

其九

其《そ》の九《く》

庭 中 有㆓奇 樹㆒

庭中《ていちゅう》に奇樹《きじゅ》有《あ》り

緑葉発二華滋一。
攀レ条折二其栄一
将二以遺一レ所レ思。
馨香盈二懐袖一
路遠莫レ致レ之。
此物何足レ貢
但感別経レ時。

緑葉《りよくよう》 華滋《かじ》を発《ひら》く
条《えだ》に攀《て》がけて其《そ》の栄《はな》を折《お》り
将《まさ》に以《もつ》て思《おも》ふ所《ところ》に遺《おく》らんとす
馨香《けいこう》 懐袖《かいしゅう》に盈《み》つれども
路遠《みちとお》くして之《これ》を致《いた》す莫《な》し
此《こ》の物《もの》 何《なん》ぞ貢《みつ》ぐに足《た》らん
但《た》だ感《かん》ず 別《わか》れて時《とき》を経《へ》たるを

○庭中有奇樹…『玉台新詠』は「中」を「前」に作る。「奇樹」は珍しい樹。○華滋…つやつやした花。「―滋」という語の構成は、後には張協「雑詩」に緑滋、江淹の「雑体詩」に碧滋等が見られる。○攀条…「攀」は枝に手をかけること。○所思…恋人。親しい人。其六にあった。○馨香盈懐袖…「馨香」は芳しい香り。「懐袖」はふところや袖《そで》。○貢…『玉台新詠』は「貴」に作る。『文選』の李善注には「貢或作貴」とある。

庭先に珍しい木があり、緑の葉蔭に美しい花が咲いている。枝をひきよせ、その花を手折り、恋人に贈ろうと思う。よい香りが、そでやふところにまで香っている。でも、恋人は遠い道の向こうにいるから届けるすべもない。こんなものは差し上げるほどのものではないけれど、別れて長い時が経ったことを思うから。

◆其六の「江を渉りて芙蓉を采る」と同じような趣向。しかし、こちらは女が、遠く離れた男を想う詩。「こんなものは差し上げるほどのものではないけれど」といっているが、恋しい人に匂いのよい「花」を贈るのは『楚辞』九歌にうたわれる伝統をふまえる。

其十

迢迢牽牛星
皎皎河漢女
纖纖擢㆓素手㆒
札札弄㆓機杼㆒
終日不㆑成㆑章
泣涕零如㆑雨
河漢清且浅
相去復幾許
盈盈一水間

其《そ》の十《じゅう》

迢迢《ちょうちょう》たり牽牛星《けんぎゅうせい》
皎皎《きょうきょう》たり河漢《かかん》の女《じょ》
纖纖《せんせん》として素手《そしゅ》を擢《かか》げ
札札《さつさつ》として機杼《きちょ》を弄《ろう》す
終日《しゅうじつ》章《あや》を成《な》さず
泣涕《きゅうてい》の零《お》つること雨《あめ》の如《ごと》し
河漢《かかん》清《きよ》く且《か》つ浅《あさ》し
相去《あいさ》ること復《ま》た幾許《いくばく》ぞ
盈盈《えいえい》たる一水《いっすい》の間《かん》

脈脈不レ得レ語。　脈《みゃく》脈《みゃく》として語《かた》るを得《え》ず

○迢迢…はるかに遠いさま。○牽牛星…彦星。○皎皎…白く輝くさま。○河漢女…「河漢」は天の川。河漢の女は織女星。彦星と織姫星は一年に一度会う。○纖纖…細くしなやかなさま。○札札弄機杼…「札札」は機を織る音の擬声語、バタバタ。「機杼」は機《はた》のひ。「ひ」は、機織りで、横糸を通す道具。○不成章…織物のあやが出来上がらないこと。○泣涕零如雨…『詩経』邶風・燕燕に「瞻望すれども及ばず　泣涕雨のごとし」とある。○盈盈…水がみちている。○脈脈…じっと見つめる。

はるか遠くの彦星、白く輝く織姫星。ほっそりした白い手をあげ、サッサッとはたをおる。一日織ってもあや模様はできず、あふれる涙はとめどもない。天の川は清らかでしかも浅く、二人をへだてている距離はいくらもないのに、満々とたたえた川に隔てられ、じっと見つめて話もできない。

❖ 七夕伝説を扱った有名な詩。畳語を多用し、耳にも快い。七夕を題材とした詩は、この詩のように、織女の方からの片思い、というのが基本型で、六朝になって多くの追随作が生まれた（後になると、牽牛の方から詠《うた》うものもでてくる）。洗練された美しい詩である。

其十一　其《そ》の十一《じゅういち》

迴レ車駕言邁　車《くるま》を迴《めぐ》らし駕《が》して言《ここ》に邁《ゆ》き

悠悠渉二長道一。　悠悠《ゆうゆう》として長道《ちょうどう》を渉《わた》る

四顧何茫茫
東風揺二百草一
所レ遇無二故物一
焉得レ不二速老一
盛衰各有レ時
立レ身苦レ不レ早
人生非二金石一
豈能長寿考
奄忽随レ物化
栄名以為レ宝

四顧《しこ》すれば何《なん》ぞ茫茫《ぼうぼう》たる
東風《とうふう》百草《ひゃくそう》を揺《ゆ》るがす
遇《あ》ふ所《ところ》故物《こぶつ》無し
焉《いず》くんぞ速《すみ》やかに老《お》いざるを得《え》んや
盛衰《せいすい》各《おの》おの時《とき》有《あ》り
身《み》を立《た》つること早《はや》からざるを苦《くる》しむ
人生《じんせい》金石《きんせき》に非《あら》ず
豈《あに》能《よ》く長《なが》く寿考《じゅこう》ならんや
奄忽《えんこつ》として物《もの》に随《したが》ひて化《か》す
栄名《えいめい》以《もっ》て宝《たから》と為《な》さん

○迴車駕言邁…『詩経』邶風・泉水に「駕して言に出遊す」とある。「言」は助辞。『毛伝』では「我《われ》」と訓じる。○四顧何茫茫…「四顧」は四方を振り返りながめる。「茫茫」は果てしなく広い。また、草が一面に茂っているさま。○故物…古いもの。かつての姿をとどめる物。○金石…かたくてほろびないもののたとえ。○寿考…長寿。「考」は老の意。○奄忽…たちまち。にわかに。○随物化…物の変化につれて死ぬこと。　○栄名…死んでも衰えない栄誉、評判。

車の向きを変えて出かけてゆき、はるばると遠い道を進む。あたりをみまわすと、なんと広々していることか。春風があたりの草々を揺るがしている。目に触れる物は皆以前のものではない。人間もどうしてあっという間に老いないことがあろうか。物が盛んになったり衰えたりするには各々時期があるが、立身出世の遅れは悲しい。人の命は金石のように不変ではなく、不老長生はできない。たちまち物の変化につれて死んでしまう。ならば、死んでも後世に残る栄誉こそ宝としたいものだ。

◆　現世での立身より、死後の名声を大切にしようという詩だが、そうした考えの動機は現世での不如意にある。車を駆って出かける、という行為には、満たされない思い、あるいは憂いをのぞくという意がこめられている。

其十二

東城高且長
逶迤自相属•
廻風動レ地起
秋草萋已緑•
四時更変化

其《そ》の十二《じゅうに》

東城《とうじょう》　高《たか》く且《か》つ長《なが》し
逶迤《いい》として自《みずか》ら相属《あいぞく》す
廻風《かいふう》　地《ち》を動《うご》かして起《お》こり
秋草《しゅうそう》　萋《せい》として已《すで》に緑《みどり》なり
四時《しいじ》　更《こも》ごもに変化《へんか》し

歳暮一何速
晨風懐苦心
蟋蟀傷局促
蕩滌放情志
何為自結束
燕趙多佳人
美者顔如玉
被服羅裳衣
当戸理清曲
音響一何悲
絃急知柱促
馳情整中帯
沈吟聊躑躅
思為双飛燕

歳暮《さいぼ》 一《いっ》に何《なん》ぞ速《すみや》かなる
晨風《しんぷう》は苦心《くしん》を懐《いだ》き
蟋蟀《しっしゅつ》は局 促《きょくそく》を傷《いた》む
蕩滌《とうでき》して情志《じょうし》を放《ほしいまま》にせん
何為《なんす》れぞ自《みずか》ら結束《けっそく》せん
燕趙《えんちょう》には佳人《かじん》多《おお》く
美《び》なる者《もの》は顔《かんばせ》 玉《たま》の如《ごと》し
羅《うすぎぬ》の裳 衣《しょうい》を被服《ひふく》し
戸《こ》に当《あ》たりて清曲《せいきょく》を理《おさ》む
音響《おんきょう》 一《いっ》に何《なん》ぞ悲《かな》しき
絃急《げんきゅう》にして柱《ことじ》の促《せま》れるを知《し》る
情《じょう》を馳《は》せて中 帯《ちゅうたい》を整《ととの》へ
沈吟《ちんぎん》して聊《いささ》か躑躅《てきちょく》す
思《おも》ふ 双飛燕《そうひえん》と為《な》りて

銜㆑泥巣㆓君屋㆒

泥《どろ》を銜《ふく》んで君《きみ》が屋《おく》に巣《す》くはんことを

○逶迤…うねうねとしたさま。○迴風…つむじ風。「迴」は「廻」と同じ。○萋已緑…「萋」は草が盛んに茂るさま。「已」は「以」、「萋」は「凄」に通ず。「凄」はぞっとするほど寂しい。○四時更変化…『周易』恒に「四時は変化して、能く久しく成す」とある。○晨風…語自体の意味はあさかぜ。また、鳥名で、はやぶさ。ここでは、『詩経』秦風の篇名（認められない人の悩みを歌う）。○蟋蟀…こおろぎ。ここでは、『詩経』唐風の篇名（晋の僖公が倹約に過ぎるのをそしった）。その序に「蟋蟀は晋の僖公を刺《そし》るなり。倹にして礼に中《あ》たらず」とある。○局促…心がちぢこまって、のびのびしないこと。○蕩滌放情志…「蕩滌」は洗い清める意。「情志」は人間の内面の感情。情を恣ままにする意に近い。○自結束…自分を自分で束縛する。○燕趙多佳人…「燕」「趙」はともに戦国時代の国名。現在の河北省、山西省を各々中心とした地。良馬の産地であり、いなせな兄《あん》ちゃんと美人の多い地。「佳人」は美人。李延年の「李延年歌」に「北方に佳人有り」とある（本巻二二三ページ参照）。○羅裳衣…「羅」は薄絹。「裳衣」は衣裳と同じ。○当戸…窓辺で、あるいは戸口に向かって。○理清曲…清らかな曲を奏でる。○絃急…はやい調子でかきたてるようにひく。○柱促…琴柱《ことじ》の間をせばめる。音が高くなる。○中帯…下着につける帯。一本に「巾帯」に作る。○沈吟…じっくり考えこむこと。○双飛燕…つがいで飛ぶつばめ。

東の城壁は高く長く、うねうねとどこまでも連なっている。つむじ風が地をまきあげて吹きはじめ、秋の草は緑に生い茂っている。春夏秋冬、次々に移ろい変わり、たちまちのうちに一年が暮れてしまう。古の詩人は認められない苦心を抱き、小さなことにこだわって心を痛めていたが、そんなことはさっぱり洗い流して心の赴くに任せよう。どうして自分を縛ることがあろう。燕や趙には美人がたくさんいて、その美しい顔は玉のよう、うすぎぬの衣裳をまとい、戸口に向かって清らかな調べをかなでている。その響きはなんと悲しいことだろう。はやい調子、高い音。気持ちのはやまるままに身づくろいしたものの、思いに沈み、しばしためらいたちどまる。つがいで飛ぶつばめになって、あなたの家に巣をつくりたいものと思う。

◆ 十句目のところで切れて、「燕趙には佳人多く」の句以降は本来別の詩とみるのが通説。後半の部分は、其五の「西北に高楼有り」の詩に似る。

其十三

駆㆓車上東門㆒
遥望郭北墓
白楊何蕭蕭
松柏夾㆓広路㆒
下有㆓陳死人㆒
杳杳即㆓長暮㆒
潜寐㆓黄泉下㆒
千載永不㆑寤

其《そ》の十三《じゅうさん》

車《くるま》を上東門《じょうとうもん》に駆《か》りて
遥《はるか》に望《のぞ》む 郭北《かくほく》の墓《はか》
白楊《はくよう》 何《なん》ぞ蕭蕭《しょうしょう》たる
松柏《しょうはく》 広路《こうろ》を夾《はさ》む
下《しも》に陳死《ちんし》の人《ひと》有《あ》り
杳杳《ようよう》として長暮《ちょうぼ》に即《つ》く
潜《ひそ》かに黄泉《こうせん》の下《もと》に寐《い》ね
千載《せんざい》 永《なが》く寤《さ》めず

浩浩陰陽移
年命如二朝露一
人生忽如レ寄
寿無二金石固一
万歳更相送
聖賢莫二能度一
服食求二神仙一
多為二薬所一レ誤
不レ如二飲美酒一
被二服紈与一レ素

浩浩《こうこう》として陰陽《いんよう》は移《うつ》り
年命《ねんめい》 朝露《ちょうろ》の如《ごと》し
人生《じんせい》 忽《こつ》として寄《よ》するが如《ごと》く
寿《じゅ》は金石《きんせき》の固《かた》き無《な》し
万歳《ばんさい》に更《こも》ごも相送《あいおく》り
聖賢《せいけん》も能《よ》く度《こ》ゆること莫《な》し
服食《ふくしょく》して神仙《しんせん》を求《もと》むるも
多《おお》くは薬《くすり》の誤《あやま》る所《ところ》と為《な》る
如《し》かず 美酒《びしゅ》を飲《の》み
紈《がん》と素《そ》とを被服《ひふく》せんには

○上東門…洛陽城の東に在る三門の一つで、もっとも北の門。○郭北墓…洛陽城の城郭の北の墓場。北邙山。○白楊…はこやなぎ。松柏と共に墓地に植えた。○蕭蕭…雨や風の音のもの寂しい様子の形容。○陳死…遠い昔に死んだ人。「陳」は久しい。○杳杳…暗くはるかな様子。○長暮…長い夜。○黄泉…死者のゆく所。あの世。○浩浩…はるかに（時が）流れる様子。○陰陽移…時節が推移する。「陰」の気は秋冬に、

「陽」の気は春夏に強く働く。○年命…人の命。○忽如寄…「忽」はたちまち。「寄」は仮の宿り。○金石…硬く不変なもののたとえ。○度…わたること。「渡」に同じ。○服食…丹薬を服用する道家の養生法。○神仙…不老不死の人。○紈与素…「紈」はうすぎぬ。「素」は白絹。ここでは、美しい着物の意。

上東門に車を走らせて、遠く城郭の北にある墓地をみれば、白楊に風がもの寂しく吹き、松柏が広い道の両側に植えてある。その下には、以前に死んだ人がいて、はるかに暗い夜の世界に身をおいている。人知れず黄泉の下で眠りつづけ、千年経っても目覚めることはない。陰陽の運行ははてしなくくりかえされるが、人の命は朝露のようにはかないもの。人の一生はこの世に仮宿りしているようにたちまちのうちに過ぎて、寿命に金石のような永久不変の固さはない。万年も昔からかわるがわる人をあの世へ送り、聖者も賢人もこの運命をこえられない。仙薬を飲んで不老長生を求めても、多くは薬の服用を誤ってしまう。だから美酒を飲み、美しい着物を着て楽しく暮らすほうがよいのだ。

◆人は誰しもいずれは死ぬ、短い一生、酒を飲み、美しい着物をまとって楽しむがよい、という詩。しばしば詠《うた》われるテーマだが、この詩の見どころは、生と死を見ることの醒めた目にある。いったん死の世界に入った者は、いかようにしてもその眠りから覚めることがない。また、生きている者は、どんなに仙薬を飲んだところで命を縮めるのがおち。生者が死者を送り、その生者も死者となって送られてゆく（「万歳に更《こも》ごも相送り」）という表現には、生から死へという流れを恐れもせず、いら立ちもせず、ただあるがままに受け入れようとする達観すら感じられる。

北邙山の墳墓を望んで生と死を考える、という詩は、この後も作られ続け、中でも初唐の沈佺期《しんぜんき》の「邙山」などはその代表的なものであろう。

其十四

去者日以疎
来者日以親。
出㆓郭門㆒直視
但見丘与㆑墳。
古墓犂為㆑田
松柏摧為㆑薪。
白楊多㆓悲風㆒
蕭蕭愁‐殺㆓人㆒。
思㆑還㆓故里閭㆒
欲㆑帰道無㆑因。

其《そ》の十四《じゆうし》

去《さ》る者《もの》は日《ひ》に以《もつ》て疎《うと》く
来《きた》る者《もの》は日《ひ》に以《もつ》て親《した》しむ
郭門《かくもん》を出《い》でて直視《ちよくし》すれば
但《た》だ見《み》る　丘《きゆう》と墳《ふん》とを
古墓《こぼ》は犂《す》かれて田《た》と為《な》り
松柏《しようはく》は摧《くだ》かれて薪《たきぎ》と為《な》る
白楊《はくよう》に悲《ひ》風《ふう》多《おお》く
蕭蕭《しようしよう》として人《ひと》を愁殺《しゆうさつ》す
故《もと》の里閭《りりよ》に還《かえ》らんと思《おも》ひ
帰《かえ》らんと欲《ほつ》するも道《みち》の因《よ》る無《な》し

○疎…関係が薄くなり、忘れられること。○来者…一本に「生者」に作る。○丘与墳…大きな墓と土饅頭のような小さな墓。○白楊…はこやなぎ。松柏と共に墓地に植える。○悲風…もの悲しい秋風。○愁殺…

憂い悲しむ。「殺」は強めの助字。〇故里閭…故郷の村里。

別れて去りゆく者は日ごとに忘れられ、通い来る者は日ごとに親しまれる。町の門外に出てあたりを見つめると、目に映るのは、ただ大小様々な墓ばかり、古い墓地はいつしか鋤《す》きかえされて田畑となり、青々としている松柏も打ち砕かれて薪となる。白楊《はこやなぎ》に吹く秋風もひときわもの悲しく、さらさらという葉音まで人を深い物思いに沈ませる。そんな時、そぞろに故郷が恋しくなり、帰りたく思い、いざ帰ろうとするけれども、今はその道さえ閉ざされてしまった。

◆「去る者は日々に疎し」という有名なことわざの出典である。二句目の「来者」を「生者」とするテキストがあり、「去者」を「死んでゆく者」と解し、この詩を死者を悼む詩とみる人もいる。しかし、最後の二句から考えて、異郷を旅する者が、古墓を見て無常の思いにとらえられ、望郷の念にかられた詩と見るべきであろう。「松柏は摧かれて薪と為る」の句は、後に劉希夷（初唐）の「白頭を悲しむ翁に代わる」詩にもそのまま引用され、時の移り変わりの無常をいう常套句となっている。

其十五

生年不レ満レ百
常懐二千歳憂一
昼短苦二夜長一

其《そ》の十五《じゆうご》

生年《せいねん》百《ひやく》に満《み》たざるに
常《つね》に千歳《せんざい》の憂《うれ》ひを懐《いだ》く
昼《ひる》は短《みじか》くして夜《よる》の長《なが》きに苦《くる》しむ

何不㆓秉㆑燭遊㆒
為㆑楽当㆑及㆑時
何能待㆓来茲㆒
愚者愛㆓惜費㆒
但為㆓後世嗤㆒
仙人王子喬
難㆑可㆓与等㆒㆑期

何《なん》ぞ燭《しょく》を秉《と》りて遊《あそ》ばざる
楽《たの》しみを為《な》すは当《まさ》に時《とき》に及《およ》ぶべし
何《なん》ぞ能《よ》く来茲《らいし》を待《ま》たん
愚者《ぐしゃ》は費《ついえ》を愛惜《あいせき》して
但《た》だ後世《こうせい》の嗤《わらい》と為《な》る
仙人《せんにん》の王子喬《おうしきょう》
与《とも》に期《き》を等《ひと》しうすべきこと難《かた》し

○千歳憂…千年経っても解決できない憂い。人は死ななければならないという憂い。○秉燭…燈を手に持つ。○及時…好機をのがさない。○来茲…来年。○王子喬…周の霊王の太子晋をいう。笙を好んで吹き、後に道士に導かれて仙人となり、仙界に去り、永遠の命を得たという。○等期…同じように長生きすること。

人の寿命はたったの百年にも満たないのに、いつも千年経っても解決できない憂いを抱いている。昼が短く夜が長いといって苦しむなら、どうして燈を手にして遊ばないのか。楽しむには好機を逃してはならない。どうして来年まで待つことなどできようか。おろか者はわずかな費用を惜しむが、それは後の世の人々の笑いぐさになるだけだ。あの仙人王子喬と同じように、いつまでも生きながらえることなどできはしない。

この詩は『楽府《がふ》詩集』に載せる「西門行」と酷似している。特に前半の四句は全く同じである。「西門行」

は豊年祭りで唱われた詩というから、この詩も祭りの宴会で唱われた詩と考えられる。人の生の短さをいう言葉で始まっているが、むしろ暗い詩ではなく、享楽を賛美し、祭りを盛り上げる詩である。それにしても「昼が短けりゃ燈りを持って夜も遊べばよい」という飽くなき快楽の追求には驚かされる。陶淵明の「時に及んで当に勉励すべし」（「雑詩」）は、この詩の流れを汲むものである（下巻八四ページ参照）。

其十六

凜凜歳云暮
螻蛄夕鳴悲。
涼風率已厲
遊子寒無レ衣。
錦衾遺二洛浦一
同袍与レ我違。
独宿累二長夜一
夢想見二容輝一。
良人惟二古歓一

其《そ》の十六《じゅうろく》
凜凜《りんりん》として歳《とし》云《ここ》に暮《く》れ
螻蛄《ろうこ》夕《ゆうべ》に鳴《な》き悲《かな》しむ
涼風《りょうふう》率《にわ》かに已《もっ》て厲《はげ》しく
遊子《ゆうし》寒《さむ》くして衣《ころも》無《な》からん
錦衾《きんきん》洛浦《らくほ》に遺《のこ》れるも
同袍《どうほう》我《われ》と違《たが》へり
独宿《どくしゅく》長《ちょう》夜《や》を累《かさ》ね
夢《む》想《そう》容輝《ようき》を見る
良人《りょうじん》古歓《こかん》を惟《おも》ひ

枉レ駕恵二前綏一。
願得二長巧笑
携レ手同レ車帰。一
既来不二須臾一
又不レ処二重闈一。
亮無二晨風翼一
焉能凌レ風飛。
眄睞以適レ意
引レ領遥相睎。
徙倚懐二感傷一
垂涕霑二双扉一。

駕《が》を枉《ま》げて前綏《ぜんすい》を恵《めぐ》む
願《ねが》はくは 長《なが》く巧笑《こうしょう》し
手《て》を携《たずさ》へて車《くるま》を同《おな》じくして帰《かえ》ることを得《え》ん
既《すで》に来《きた》りて須臾《しゅゆ》ならず
又《また》重闈《ちょうい》に処《お》らず
亮《まこと》に晨風《しんぷう》の翼《つばさ》 無《な》し
焉《いずく》んぞ能《よ》く風《かぜ》を凌《しの》ぎて飛《と》ばん
眄睞《べんらい》 以《もっ》て意《い》に適《てき》し
領《くび》を引《のば》して遥《はるか》に相睎《あいのぞみ》る
徙倚《しい》 感傷《かんしょう》を懐《いだ》き
垂涕《すいてい》 双扉《そうひ》を霑《うるお》す

○凜凜…寒さがひりっと厳しい様子。○螻蛄…おけら。こおろぎの類。○涼風…『礼記』に「孟秋の月、涼風至る」とある。○率…にわかに。○厲…はげしく。「猛」と同じ。○無衣…『詩経』豳風《ひんぷう》・七月に「衣無く褐《かつ》無くんば何を以てか歳を卒《お》へん」とある。○錦衾…にしきの布団。『詩経』唐風・葛生に「角枕粲たり、錦衾爛たり、予《よ》が美此に亡し、誰と与《とも》にか独り旦《あか》さん」とある。かつて夫と共に用いた布団をいう。○洛浦…洛水の浦《きしべ》。洛水には神女宓妃《ふくひ》がいる。○同袍…「袍」は綿入れ、どてら。一つの袍を共に着る仲。ここは夫婦の仲のたとえ。○夢想…夢におもう。司馬相如の「長門賦」に「忽ち寝寐して夢想し、魄《こころ》は君の旁に在るがごとし」とある。○容輝…夫の立派な姿。○前綏…「綏」は車中や乗降の時につかまる綱。つり皮の類。「綏を恵む」は乗れと勧める意。○巧笑…かわいらしい笑顔。○携手…『詩経』邶風・北風に「恵して我を好《よみ》せば、手を携えて車を同じくせん」とある。○須臾…ゆっくりする。○重闈…女性の居る奥まった部屋。○晨風…はやぶさ。○眄睞…ふりかえってみる様子。○引領…首をのばして見る。○徙倚…たちもとおる。○双扉…左右二枚のとびら。

きびしい寒さに年も暮れようとして、けらが悲しげに鳴いている。冷たい風がにわかにはげしく吹き、旅に出た夫の冬着がないのを思いやる。二人で用いた錦の布団は洛浦に残されても、共に暮らす願いはかなわない。独り寝して長い夜を過ごすうち、夢に夫の立派な姿が現れ、夫は以前の楽しさを思って、わざわざ車を立ち寄らせ、乗れとすすめた。私はいつまでも笑顔で、夫と手をとってどこまでも一緒に行きたいと願ったが、夫はゆっくりもせず、部屋の中にもいなくなってしまった。私には、はやぶさの翼がないのだもの、どうして風を越えて夫の所へ飛んで行けよう。今みた夢をおもっては心を慰め、首をのばして夫のいる方をながめやる。切ないおもいで立ち去り難く、涙がとびらをぬらすのだ。

◆「思婦」の詩。遠く離れた夫が夢に現れ、「さあ、車に乗れ」といって迎えに来たところで目が覚めるとは哀しい。

其十七

孟冬寒気至
北風何惨慄・
愁多知㆓夜長㆒
仰観㆓衆星列㆒
三五明月満
四五詹兎欠・
客従㆓遠方㆒来
遺㆓我一書札㆒・
上言長相思
下言久離別・
置㆑書懐袖中
三歳字不㆑滅・

其《そ》の十七《じゅうしち》

孟冬《もうとう》 寒気《かんき》至《いた》り
北風《ほくふう》 何《なん》ぞ惨慄《さんりつ》たる
愁《うれ》ひ多《おお》くして夜《よる》の長《なが》きを知《し》り
仰《あお》いで衆星《しゅうせい》の列《れつ》するを観《み》る
三五《さんご》 明月《めいげつ》満《み》ち
四五《しご》 詹兎《せんと》欠《か》く
客《かく》 遠方《えんぽう》より来《きた》り
我《われ》に一書札《いっしょさつ》を遺《おく》れり
上《かみ》には言《い》ふ 長相思《ちょうそうし》
下《しも》には言《い》ふ 久離別《きゅうりべつ》
書《しょ》を置《お》く 懐袖《かいしゅう》の中《うち》
三歳《さんさい》 字《じ》 滅《めつ》せず

一心抱㆓区区㆒
一心《いっしん》区区《くく》たるを抱《いだ》き

懼君不㆓識察㆒
懼《おそ》る君《きみ》の識察《しきさつ》せざらんことを

○孟冬…初冬、陰暦十月をいう。○惨慄…身の毛もよだつほど寒い。○三五…十五日。満月の日。○四五…二十日。○詹兎…月の異名。「詹」は、ひきがえる。「兎」は、うさぎ。どちらも月に住む、と伝えられる。○区区…小さいさま。こまごました思い。

冬の初めの寒気が襲い、北風がなんときびしく吹くことか。物思いに眠られず夜の長さが身にしみる。夜空を仰げばたくさんの星が並んでいる。十五夜には満月、二十日になれば欠けた月。月日が過ぎて、旅人が遠くから、私に一本の手紙を届けてくれた。はじめには「いつまでも思っているよ」とあり、終わりには「別れて久しいね」とあった。手紙をふところに入れ、三年間、毎日見ても一字も消えない。夫を愛する心いっぱいの、こんな気持ちを、夫はわかってくれるかしら。

◆「思婦」の詩。手紙を毎日見ている、という表現ならどこにでもありそうだが、ふところに抱いて三年、日々とり出して見ても一字も消えないというのは生《なま》々しく、情熱的な表現である。

其十八

其《そ》の十八《じゅうはち》

客従㆓遠方㆒来
客《かく》遠方《えんぽう》より来《きた》り

遺㆓我一端綺㆒
相去万余里
故人心尚爾
文采双鴛鴦
裁為㆓合懽被㆒
著以㆓長相思㆒
縁以㆓結不解㆒
以㆑膠投㆓漆中㆒
誰能離㆓別此㆒

我《われ》に一端《いったん》の綺《き》を遺《おく》る
相去《あいさ》ること万余里《ばんより》
故人《こじん》 心《こころ》尚《な》ほ爾《しか》り
文采《ぶんさい》 双鴛鴦《そうえんおう》
裁《た》ちて合懽《ごうかん》の被《ひ》と為《な》す
著《ちょ》するに長相思《ちょうそうし》を以《もっ》てし
縁《えん》するに結不解《けつふかい》を以《もっ》てす
膠《こう》を以《もっ》て漆中《しっちゅう》に投《とう》ず
誰《たれ》か能《よ》く此《これ》を離別《りべつ》せん

○客従遠方来…其十七にもある。○一端綺…「端」は「反」に同じ。「綺」はあや絹。○故人…古なじみ。ここでは、夫の意味。○双鴛鴦…つがいのおしどり。夫婦仲のよい象徴。○合懽被…「合懽」は夫婦が共寝をするかけ布団。「懽」は「歓」と同じ。○著…綿を入れる。○長相思…綿の縁語。綿々と長く続く意味。○縁…ふち飾りをぬう。○結不解…結んでほどけない糸。二人の仲が固く結ばれていること。○以膠～誰能…膠《にかわ》と漆《うるし》はしっかりとついて離れないことをたとえる。

旅人が遠くからやって来て、私に一反のあや絹を届けてくれた。私と夫は万里も離れているが、夫の気持ちは変わらず私をおもってくれているのだ。あや絹の模様はつがいのおしどり、このあや絹を裁って共寝の布団をつくる。中には「いつまでも思う」綿をつめ、ふちかがりには「とけない糸」をつかいましょう。膠を漆に混ぜたような仲、誰も私達を引きはなせはしない。

◆これも「思婦」の詩。前の詩は、旅人が遠くからやって来て手紙を届けてくれたが、この詩では絹織物を届けてくれる。「双鴛鴦」の模様で「合懽被」をこしらえ、「長相思」の綿を入れて「結不解」でかがり、「膠」を「漆」の中へ混ぜる、とたたみかけ、絶対に離れないことを情熱的にうたう。裏返せば、それだけ女の願いの切なさが強く訴えられるのである。

其十九

明月何皎皎
照我羅床幃
憂愁不能寐
攬衣起徘徊
客行雖云楽
不如早旋帰

其《そ》の十九《じゅうく》

明月《めいげつ》 何《なん》ぞ皎皎《きょうきょう》たる
我《わ》が羅《うすぎぬ》の床幃《しょうい》を照《て》らす
憂愁《ゆうしゅう》 寐《い》ぬる能《あた》はず
衣《ころも》を攬《と》りて起《た》ちて徘徊《はいかい》す
客行《かくこう》 楽《たの》しと云《い》ふと雖《いえど》も
早《はや》く旋帰《せんき》するに如《し》かず

出レ戸独彷徨
愁思当レ告レ誰。
引レ領還入レ房
涙下沾二裳衣一。

戸《と》を出《い》でて独《ひと》り彷徨《ほうこう》するも
愁思《しゅうし》当《まさ》に誰《たれ》にか告《つ》ぐべき
領《くび》を引《ひ》きて還《かえ》りて房《ぼう》に入《い》れば
涙《なみだ》下《くだ》りて裳衣《しょうい》を沾《うるお》す

○皎皎…白く明るく輝く様子。○羅床幃…寝台のうす絹の垂れ幕。○徘徊…さまよう。いきつもどりつする。○客行…旅。○旋帰…かえる。○彷徨…あてもなくぶらぶらする。

明月がなんと明るく輝いていることだろう。うす絹のとばりを照らしている。さびしさで眠れないままに、上着をとって起き上がり、いきつもどりつする。旅は楽しいでしょうが、やはり早く家に帰るのには及びません。外へ出て一人さまようてみても、この愁いをつげるべき人はいない。首を伸ばして彼方《かなた》を眺めつつ部屋に戻れば、尽きぬ涙が衣裳をぬらすばかり。

● 男が旅に出て望郷の思いに沈む、と解することもできるが、「羅《うすぎぬ》の床幃」「涙下りて裳衣を沾す」などから女性の詩と見るのが妥当であろう。するとやはり、「思婦」がテーマになる。後にこれを原型にして、「孤高の士」を詠ずる詩が作られる。阮籍の「詠懐詩」其一では、「憂愁」は男女の仲のことでなく、心の奥深くに潜む「生きることそれ自体」の哀しみにまで高められている。

陌上桑

日出㆓東南隅㆒。
照㆓我秦氏楼㆒。
秦氏有㆓好女㆒
自名為㆓羅敷㆒。
羅敷善㆓蚕桑㆒
採㆑桑城南隅。
青糸為㆓籠系㆒
桂枝為㆓籠鉤㆒。
頭上倭堕髻
耳中明月珠。

陌上《はくじょう》桑《そう》

無名氏《むめいし》（相和《そうわ》歌辞《かじ》・相和《そうわ》曲《きょく》）

日《ひ》は東南《とうなん》の隅《すみ》に出《い》でて
我《わ》が秦氏《しんし》の楼《ろう》を照《て》らす
秦氏《しんし》に好女《こうじょ》有《あ》り
自《みずか》ら名《な》づけて羅敷《らふ》と為《な》す
羅敷《らふ》　蚕桑《さんそう》を善《よ》くし
桑《くわ》を採《と》る城《じょう》南《なん》の隅《すみ》
青糸《せいし》をば籠系《ろうけい》と為《な》し
桂枝《けいし》をば籠鉤《ろうこう》と為《な》す
頭上《ずじょう》には倭堕《いだ》の髻《もとどり》
耳中《じちゅう》には明月《めいげつ》の珠《たま》

緑綺為㆓下裳㆒
紫綺為㆓上襦㆒。
行者見㆓羅敷㆒。
下㆑担捋㆓髭鬚㆒。
少年見㆓羅敷㆒。
脱㆑巾著㆓帩頭㆒。
耕者忘㆓其耕㆒。
鋤者忘㆓其鋤㆒。
来帰相喜怒
但坐㆑観㆓羅敷㆒。
使君従㆑南来
五馬立峙𡾰。
使君遣㆑吏往
問此誰家姝。

緑綺《りょくき》を下裳《かしょう》と為《な》し
紫綺《しき》を上襦《じょうじゅ》と為《な》す
行《ゆ》く者《もの》は羅敷《らふ》を見《み》て
担《たん》を下《おろ》して髭鬚《ししゅ》を捋《ひね》る
少年《しょうねん》は羅敷《らふ》を見《み》て
巾《きん》を脱《だっ》して帩頭《しょうとう》を著《あらわ》す
耕《たがや》す者《もの》は其《そ》の耕《たがや》すことを忘《わす》れ
鋤《す》く者《もの》は其《そ》の鋤《す》くことを忘《わす》る
来《きた》り帰《かえ》りて相喜怒《あいきど》するは
但《た》だ羅敷《らふ》を観《み》たるに坐《よ》る
使君《しくん》 南《みなみ》より来《きた》り
五馬《ごば》 立《た》ちて峙𡾰《ちちょ》す
使君《しくん》 吏《り》を遣《つか》はして往《ゆ》かしめ
問《と》ふ 此《こ》れ誰《た》が家《いえ》の姝《しゅ》ぞと

秦氏有㆓好女㆒
自名為㆓羅敷㆒。
羅敷年幾何
二十尚未㆑満
十五頗有㆑余。
使君謝㆓羅敷㆒。
寧可㆓共載㆒不。
羅敷前致㆑詞
使君一何愚。
使君自有㆑婦
羅敷自有㆑夫。
東方千余騎
夫壻居㆓上頭㆒。
何用識㆓夫壻㆒

秦氏《しんし》に好女《こうじょ》有《あ》り
自《みずか》ら名《な》づけて羅敷《らふ》と為《な》す
羅敷《らふ》 年幾何《としいくばく》ぞ
二十《にじゅう》には尚《な》ほ未《いま》だ満《み》たず
十五《じゅうご》には頗《やや》余《あま》り有《あ》り
使君《しくん》 羅敷《らふ》に謝《しゃ》す
寧《むし》ろ共《とも》に載《の》るべきや不《いな》やと
羅敷《らふ》 前《すす》みて詞《ことば》を致《いた》す
使君《しくん》 一《いつ》に何《なん》ぞ愚《ぐ》なる
使君《しくん》 自《おのずか》ら婦《つま》有《あ》り
羅敷《らふ》 自《おのずか》ら夫《おっと》有《あ》り
東方《とうほう》の千余騎《せんよき》
夫壻《ふせい》 上頭《じょうとう》に居《お》る
何《なに》を用《もっ》てか夫壻《ふせい》を識《し》る

白馬従二驪駒一。
青糸繫二馬尾一
黄金絡二馬頭一。
腰間鹿盧剣
可レ直二千万余一。
十五府小吏
二十朝大夫。
三十侍中郎
四十専レ城居。
為レ人潔白皙
鬑鬑頗有レ鬚。
盈盈公府歩
冉冉府中趨。
坐中数千人

白馬《はくば》 驪駒《りく》を従《したが》へ
青糸《せいし》を馬尾《ばび》に繫《つな》ぎ
黄金《おうごん》を馬頭《ばとう》に絡《まと》ふ
腰間《ようかん》の鹿盧《ろくろ》の剣《けん》は
千万余《せんまんよ》に直《あたい》すべし
十五《じゅうご》にして府《ふ》の小吏《しょうり》
二十《にじゅう》にして朝《ちょう》の大夫《たいふ》
三十《さんじゅう》にして侍中郎《じちゅうろう》
四十《しじゅう》にして城《しろ》を専《もっぱ》らにして居《お》る
人《ひと》と為《な》り潔白皙《けつぱくせき》
鬑鬑《れんれん》として頗《すこぶ》る鬚《ひげ》有《あ》り
盈盈《えいえい》として公府《こうふ》に歩《ほ》し
冉冉《ぜんぜん》として府中《ふちゅう》に趨《はし》る
坐中《ざちゅう》の数千人《すうせんにん》

皆言夫壻殊。

皆言《みない》ふ　夫壻《ふせい》は殊《こと》なれりと

○陌上桑…この題は別に「艶歌羅敷行」「日出東南隅行」ともいう。楽府相和歌辞相和曲に属する。○秦氏…秦という家。○蚕桑…養蚕。○籠系…かごのつりひも。一本に「籠縄」に作る。○籠鉤…かごのとって。○倭堕…美しい様子。あだっぽい。髷《まげ》の型をいう説もある。○明月珠…真珠のイヤリング。○緑綺…みどりのあやぎぬ。○下裳…もすそ。スカート。一本に「下裾」に作る。○上襦…短い上着。チョッキ。○捋…ひねる。なでさする。○髭鬚…ひげ。「髭」は口ひげ。「鬚」はあごひげ。○巾…頭巾。一本に「帽」に作る。○帩頭…まげを包むきれ。頭巾の類。○喜怒…おこる。この場合「喜」には意味がない。反意語の組み合わせで意味がどちらかに偏るのを偏義複辞という。「多少」「緩急」など。一本に「怒怨」に作る。○但坐〜…〜そのせいである。「但」は強調。○使君…太守（郡の長官）をいう。○五馬…五頭立ての馬車。太守の乗物。○踟躕…ためらう。一本に「踟蹰」に作る。○吏…小役人。○姝…美人。○寧〜不…いっそ〜するのはどうだ。婉曲に願望を述べる語法。○夫壻…夫。○上頭…かしら。○鹿盧剣…ロクロ（物を吊る時に使う滑車）の形の玉の飾りがついた剣。名剣。○直…「値」と同じ。あたい。○小吏…小役人。一本に「小史」に作る。○朝大夫…朝廷の重臣。○侍中郎…天子の侍従。○潔白皙…色が白い。○鬑鬑…毛がふさふさと長い様子。○盈盈…ゆったりした様子。○冉冉…おもむろに進む様子。○趨…小走りに行く。朝廷では、臣下はみな小走りに行くのがきまりであった。○殊…りっぱ、特殊の意味。

日が東南の隅から出て、秦の家の高殿を照らす。秦家には美しい娘がいて、羅敷《らふ》という名である。羅敷は養蚕が上手、今日も町の南で桑を摘む。青い糸をかごのひもとし、桂の枝をかごのとってにしている。頭の上にはあだっぽいまげ、耳には真珠のイヤリング、緑のあやぎぬのスカートに、紫のあやぎぬをチョッキにしている。道行く者は羅敷を見て、荷物を下ろして見とれてひげをひねる。若者は羅敷を見て、帽子をぬいでずきんを見せる。田畑を耕したり鋤いたりする者はそのことを忘れてしまう。帰って来てからどなりあうのは、羅敷に見とれていたからこそ。太守さまが南から来て、五頭立ての馬車は立ち止まり進まない。太守は家来《けらい》をやって、「これは一体どこの美人じゃ」と尋ねさせる。「秦家に美女がおりまして、名前は羅敷と申します」「羅敷はいくつじゃ」「二十にはなりませんが、十五よりは少し上です」。太守はそこで羅敷に挨拶する。「どうじゃ一緒に車に乗らないか」。羅敷は進み出て申し上げる。「殿様はなんと愚かなお方、殿様には奥様が、羅敷には夫がいるのです。東方の千余の騎馬武者の中で、夫はかしらをつとめます。何で夫を見分けるかといえば、白い馬にまたがり黒毛の馬を従えており、青い糸を馬の尾に結び、黄金を馬の頭につけてます。腰にはロクロの名剣を帯び、その値は千万余り、十五のときに役所の書記、二十歳で朝廷の大夫、三十歳で天子の侍従、四十歳で一城のあるじ。その姿は色白の美男子で、ふさふさとひげが生えてます。ゆったりと役所に歩み、しずしずと殿中を進めば、座にいる数千人は、みな口々にあなたの夫はすばらしいとほめるのです」。

❥ 美しい人妻が領主の誘いを退ける痛快な「物語詩」。舞台の上で演じられる劇の「歌」の部分ではなかったかと考えられる。今ならさしずめミュージカルの主題歌といったところであろうか。

三つの部分に分かれる。一段目は羅敷の美しさを描く「紫綺を上襦と為す」まで。二段目は羅敷の美しさに見とれて様々なしぐさをする「但《た》だ羅敷を観たるに坐《よ》る」まで。三段目は領主の誘いをことわって自分の夫のすばらしさを唱い上げる部分。当時は悪辣な領主に美しい娘がとり上げられる、などということは日常茶飯事であったであろうから、娘が領主をやりこめ、肘鉄砲《ひじでっぽう》を食わせるところは、さぞかし観客からヤンヤの喝采を受けたことであろう。

羽林郎

辛延年（漢）

昔有霍家奴。
姓馮名子都。
依倚将軍勢
調笑酒家胡。
胡姫年十五
春日独当壚。
長裾連理帯
広袖合歓襦。
頭上藍田玉
耳後大秦珠。

羽林郎《うりんろう》

昔《むかし》 霍家《かくか》の奴《ど》有《あ》り
姓《せい》は馮《ふう》 名《な》は子都《しと》
将軍《しょうぐん》の勢《いきおい》に依倚《いい》して
酒家《しゅか》の胡《こ》を調笑《ちょうしょう》す
胡姫《こき》年《とし》十五《じゅうご》
春日《しゅんじつ》独《ひと》り壚《ろ》に当《あ》たる
長裾《ちょうきょ》 連理《れんり》の帯《おび》
広袖《こうしゅう》 合歓《ごうかん》の襦《じゅ》
頭上《ずじょう》には藍田《らんでん》の玉《ぎょく》
耳後《じご》には大秦《だいしん》の珠《たま》

両鬟何窈窕
一世良所レ無
一鬟五百万
両鬟千万余
不レ意金吾子
娉婷過二我廬一
銀鞍何煜爚
翠蓋空峙嶀
就レ我求二清酒一
糸縄提二玉壺一
就レ我求二珍肴一
金盤膾二鯉魚一
貽二我青銅鏡一
結二我紅羅裾一

両《りょうかんなん》鬟何ぞ窈窕《ようちょう》たる
一世良《いっせいまこと》に無《な》き所《ところ》
一鬟五百《いっかんごひゃくまん》万
両鬟千万余《りょうかんせんまんよ》
意《おも》はざりき金吾《きんご》の子《し》
娉婷《へいてい》として我《わ》が廬《ろ》に過《よ》ぎるを
銀鞍《ぎんあんなん》何ぞ煜爚《いくやく》たる
翠蓋空《すいがいむな》しく峙嶀《ちちょ》す
我《われ》に就《つ》いて清酒《せいしゅ》を求《もと》むれば
糸縄《しじょう》もて玉壺《ぎょくこ》を提《ひっさ》ぐ
我《われ》に就《つ》いて珍肴《ちんこう》を求《もと》むれば
金盤《きんばん》もて鯉魚《りぎょ》を膾《なます》にす
我《われ》に青銅《せいどう》の鏡《かがみ》を貽《おく》り
我《われ》に紅羅《こうら》の裾《えり》を結《むす》ぶ

不㆑惜㆓紅羅裂㆒
何論㆓軽賤軀㆒。
男児愛㆓後婦㆒
女子重㆓前夫㆒。
人生有㆓新故㆒
貴賤不㆓相踰㆒。
多謝金吾子
私愛徒区区。

紅羅《こうら》の裂《さ》くるを惜《お》しまず
何《なん》ぞ軽賤《けいせん》の軀《く》を論《ろん》ぜん
男児《だんじ》は後婦《こうふ》を愛《あい》し
女子《じょし》は前夫《ぜんぷ》を重《おも》んず
人生新故《じんせいしんこ》有《あ》り
貴賤《きせん》相踰《あいこ》えず
多謝《たしゃ》す　金吾《きんご》の子《し》
私愛《しあい》は徒《いたずら》に区区《くく》たり

○羽林郎…楽府題の一。この作品以前には見えない。「羽林郎」は宮中の宿衛・侍従を司る官職の名。○霍家…漢の宣帝の外戚、大将軍霍光の家。○馮子都…霍光の召使として『漢書』霍光伝に名が見える。○依倚…かさに着る。○調笑…からかう。ちょっかいを出す。○酒家胡…酒場に働く異民族の女給。○壚…土で築いた台で、酒がめなどを置く。バーのカウンター。○長裾…長いえり。○連理帯…二筋の布を連ねて帯としたもの。○合歓襦…袷《あわせ》。仕立ての短い上着。チョッキの類。「連理」も「合歓」も男女の仲をいう縁起のよい語。○藍田玉…長安の南にある藍田山からとれる美玉。○大秦珠…「大秦」はローマ。ローマ産の真珠。○窈窕…美しくしとやか。○金吾子…「金吾」は執《しつ》金吾の略。近衛兵の隊長。「子」は男子。ここでは、馮子都への尊称。○娉婷…色っぽい様子。本来は女性の形容語だが、ここでは、馮子都のだて男ぶりをいう。○廬…自分の家をいう謙遜語。あばらや。○煜爚…きらきら輝く様子。○翠蓋…かわせみの羽で飾った車のおおい。美しい車をいう。○跱躇…ためらい、ぐずぐずする。○糸縄…絹糸で作った縄。○珍肴…ごちそう。○膾…なます。刺身。○紅羅裾…赤いうす絹のえり。○私愛…（馮子都が）とくに目をかけてかわいがること。胡姫の側からへり下った言い方。○区区…つまらない。とるに足りない。

昔、霍光将軍の召使で、馮子都という者がいた。霍将軍の権勢をかさにきて、酒家の外人娘をからかった。外人娘は、年は十五、春の日なかにひとりで店に出ている。長い襟に二すじの帯、広い袖に袷のチョッキ、髪に挿した藍田の美玉、耳のうしろにローマの真珠のイヤリング、二つのまげは何となまめかしいこと、この世にめったに見られないもの。まげの一つが五百万、二つそろって一千万。思いがけずも金吾さまが、しゃなりしゃなりとこのあばらやにお越し。銀のくらは何とピカピカ、かわせみの羽かざりの車を止めてとどまることの長いこと。そのお方が私の方へ来て清酒をお求めなら、絹のひもで玉の酒壺をさげて参ります。私にごちそうをお求めなら、金の大皿に鯉のなますを盛って参ります。また、私に青銅の鏡を贈って下さり、また赤いきぬの襟を結んで下さいます。その赤いきぬが裂けたとて惜しくないのだから、このいやしい身などどうなろうともかまいません。ただ、殿方は後からの妻を愛し、女は前の夫を大事にします。人生に新しい古いはつきもの、身分の上下は越えないものです。金吾さまには厚く御礼申し上げますが、目をかけて下さってもつまりませんよ。

◆「陌上桑」を踏まえた歌。酒場にいる外人娘をものにしようとするが、いくら霍光将軍の権勢をかさにきてもふられてしまう。「陌上桑」の太守と桑摘み娘が、こちらでは将軍の威勢をかさにきた男と酒場の女、と設定がよりどぎつくなって、二人を飾る小道具も豪華。拒絶のしかたも陰にこもり、「陌上桑」に見る大らかさは消えてしまった。遊びなれた男女の酒場での駆け引きを見る思い。

上山采蘼蕪

山《やま》に上《のぼ》りて蘼蕪《びぶ》を采《と》る

無《む》名《めい》氏《し》

上山采蘼蕪
下山逢故夫
長跪問故夫
新人復何如
新人雖言好
未若故人姝
顔色類相似
手爪不相如
新人従門入
故人従閤去

山《やま》に上《のぼ》りて蘼蕪《びぶ》を采《と》り
山《やま》を下《くだ》りて故夫《こふ》に逢《あ》ふ
長跪《ちょうき》して故夫《こふ》に問《と》ふ
新人《しんじん》 復《ま》た何如《いかん》
新人《しんじん》 好《よ》しと言《い》ふと雖《いえど》も
未《いま》だ故人《こじん》の姝《しゅ》なるに若《し》かず
顔色《がんしょく》は類《おおむ》ね相似《あいに》たるも
手爪《しゅそう》は相如《あいし》かず
新人《しんじん》は門《もん》より入《い》り
故人《こじん》は閤《こう》より去《さ》る

新人工㆑織㆑縑
故人工㆑織㆑素・
織㆑縑日一匹
織㆑素五丈余
将㆑縑来比㆑素・
新人不㆑如㆑故・

新人《しんじん》は縑《けん》を織《お》るに工《たくみ》なり
故人《こじん》は素《そ》を織《お》るに工《たくみ》なり
縑《けん》を織《お》るは日《ひ》に一匹《いっぴき》
素《そ》を織《お》るは五丈《ごじょう》余《よ》
縑《けん》を将《も》ち来《きた》りて素《そ》に比《ひ》すれば
新人《しんじん》は故《こ》に如《し》かず

○蘼蕪…おんなかずら。香草の名。『楚辞』九歌・少司命には「蘪蕪《びぶ》」とみえる。○故夫…もとの夫。○長跪…両膝を地につけておじぎする。○新人…新しい妻。○故人…もとの妻。○姝…美しいさま。○顔色…容貌。○手爪…手仕事。○閤…妻の部屋の小門。○縑…かとり絹。糸を細くより合わせて織った絹。○素…しろ絹。色を染めていない絹。○一匹…布のふた織り。四丈（約九メートル）。漢代では、一丈は約二・二五メートル。○五丈…約十一メートル。

山に登り、おんなかずらを摘み、山から降りて、もとの夫に出会った。ひざまずいて夫に尋ねた、「新しい奥さんはいかがですか」と。「よく新しい嫁は好いとは言うが、もとの嫁の美しさには及ばない。容貌は同じようなものだとしても、手仕事はとてもかなわない」。新しい嫁が表門から入り、もとの嫁は小門から出ていった。新しい嫁はかとり絹を織るのが上手、もとの嫁はしろ絹を織るのが上手、かとり絹は一日四丈織りあげ、しろ絹は一日五丈余りも織りあげる。かとり絹としろ絹を比べてみれば、新しい嫁はもとの嫁に及ばない。

◆ 子が生まれぬために離縁された女性の歌である。「蘼蕪」は不妊に効く薬草。『楚辞』では、香草として恋人に贈られている。この詩の離縁された女は、自らの不妊を治すためだけでなく、新しい恋人に贈るために「蘼蕪」を摘んでいるのだろうか。もとの夫に「今度の奥さんはいかがですか」と聞き、もとの夫に「おまえの方がよかった」と言わせる趣向がいじらしい。

古絶句　其一

藁砧今何在
山上復有レ山。
何当二大刀頭一
破鏡飛上レ天。

古絶句《こぜっく》　其《そ》の一《いち》　　無《む》名《めい》氏《し》

藁砧《こうちん》今《いま》何《いず》くにか在《あ》る
山上《さんじょう》 復《ま》た山《やま》有《あ》り
何《いず》れか当《まさ》に大刀《だいとう》の頭《とう》なるべき
破鏡《はきょう》 飛《と》んで天《てん》に上《のぼ》る

○藁砧…わらうち台。「砧」は「砆《ふ》」と同じ意味。「砆」は「夫」と同音なので、「藁砧」は「夫」の隠語となる。　○山上復有山…山の字の上に山の字を重ねると、「出」の字形になる。「出」の隠語。　○大刀頭…刀の頭にあるものを「環《カン》」という。「環」は「還《カン》」と同音なので、「還《かえ》る」の隠語となる。○破鏡…月が欠けること。十五夜の満月が欠けるのは十六夜からだから、月の半ばすぎの意味になる。

あの人今ごろどこかしら。いつも出かけてそれっきり。帰ってくるのはいつのこと。きっと月も半ばすぎ。

❦ のちの「絶句」の源をなす詩。隠語を用いてユーモラスである。「ほんとに、うちの人ったら出ていったら鉄砲玉」といったところ。

古絶句　其二

菟糸従㆓長風㆒
根茎無㆓断絶㆒
無情尚不㆑離
有情安可㆑別

古絶句《こぜっく》　其《そ》の二《に》　　無《む》名《めい》氏《し》

菟《と》糸《し》長《ちょう》風《ふう》に従《したが》ひ
根茎断絶《こんけいだんぜつ》すること無《な》し
無情《むじょう》すら尚《な》ほ離《はな》れず
有情《うじょう》安《いずく》んぞ別《わか》るべけん

○菟糸…ねなしかずら。「兔糸」とも。「古詩十九首」其八に「君と新婚を為すは兔糸の女蘿に附くがごとし」

とある。　○根茎…菟糸の根と菟糸が寄生している植物の茎。　○無情…植物をいう。　○有情…人間をいう。

ねなしかずらは遠く吹く風まかせ、でも、根はまといついた茎と離れない。心ない草すら離れないのに、心を通わした人間がどうして別れられよう。

◆起承転結がきちんとしている。短い詩形に意を盛るには、言うべきことを刈り込んで整理しなければならないことがわかる。内容は、「古詩十九首」其八を小唄ふうにしたもの（本巻七四ページ参照）。

無名氏《むめいし》（雑曲《ざっきょく》歌辞《かじ》）

董嬌饒

洛陽城東路
桃李生路傍
花花自相対
葉葉自相当
春風東北起

董嬌饒《とうきょうじょう》

洛陽城東《らくようじょうとう》の路《みち》
桃李《とうり》　路傍《ろぼう》に生《しょう》ず
花花《かか》　自《おのずか》ら相対《あいたい》し
葉葉《ようよう》　自《おのずか》ら相当《あいあ》たる
春風《しゅんぷう》　東北《とうほく》より起《お》こり

花葉正低昂。
不レ知誰家子
提レ籠行採レ桑。
纎手折二其枝一
花落何飄颺。
請二謝彼姝子一
何為見二損傷一。
高秋八九月
白露変為レ霜。
終レ年会飄堕
安得二久馨香一。
秋時自零落
春月復芬芳。
何時盛年去

花葉《かよう》 正《まさ》に低昂《ていこう》す
知《し》らず 誰《た》が家《いえ》の子《こ》ぞ
籠《かご》を提《さ》げて行《ゆ》く桑《くわ》を採《と》る
纎手《せんしゅ》 其《そ》の枝《えだ》を折《お》り
花落《はなお》つること何《なん》ぞ飄 颺《ひょうよう》たる
彼《か》の姝子《しゅし》に請《こ》ひ謝《しゃ》す
何為《なんす》れぞ損傷《そんしょう》せらるるや
高秋《こうしゅう》 八九月《はちくがつ》
白露《はくろ》 変《へん》じて霜《しも》と為《な》り
年終《としお》はりて会《かなら》ず飄 堕《ひょうだ》す
安《いずく》んぞ久《ひさ》しく馨香《けいこう》を得《え》んや
秋時《しゅうじ》には自《おのずか》ら零落《れいらく》するも
春月《しゅんげつ》には復《ま》た芬芳《ふんぽう》あらん
何《いず》れの時《とき》か盛年去《せいねんさ》り

懽愛永相忘。
吾欲レ竟二此曲一
此曲愁二人腸一。
帰来酌二美酒一
挟レ瑟上二高堂一。

懽愛《かんあい》永《なが》く相忘《あいわす》る
吾《われ》 此《こ》の曲《きょく》を竟《お》へんと欲《ほっ》するも
此《こ》の曲《きょく》 人《ひと》の腸《はらわた》をして愁《うれ》へしむ
帰《かえ》り来《きた》りて美酒《びしゅ》を酌《く》み
瑟《しつ》を挟《はさ》みて高堂《こうどう》に上《のぼ》らん

○董嬌饒…董という姓の美しい娘の意。「嬌饒」は美しいさま。○洛陽…後漢時代の都。○飄颻…ひらひらする。○請謝…礼を述べる。ここでは、尋ねる意。○姝子…美女。○見損傷…枝が娘によって折られる意。「見」は受身を表す。○馨香…良い香り。○芬芳…良い香り。○懽愛…「歓愛」に同じ。喜び親しむ。

洛陽の城郭の東の道では、桃やすももが道ばたに生えている。花と花は向かい合い、葉と葉は触れ合う。春風が東北から吹くと、花と葉は上へ下へと揺れる。あれは誰の子だろうか、籠を提げて、道々、桑の葉を摘んでいるのは。細い手で枝を折ると、花びらが何とひらひらと落ちることだろう。美しい娘さんにお尋ねします、なぜ枝を折ってしまうのかと。娘は言う、「爽やかな秋、白い露は霜に変わり、年の暮れには花もみな散ってしまいます。どうしていつまでも良い香りが続くでしょう」。「しかし花は秋に散っても、次の春になればまた良い香りがしますよ」。「盛りの年が過ぎれば、昔の愛情など忘れてしまうものなのです」。私はこの曲を歌い終えようとするが、この曲はなんと悲しいものであろう。家に帰って美酒を飲み、瑟をわきに挟んで座敷に登って悲しみを紛らわそう。

◆春景色と桑摘み娘、どちらも美しいものの代表であるが、それらが却って人生の悲しさを強調するという趣向となっている。「終年～相忘」まで娘の台詞と取ってもよいが、娘と識者の問答と読み、愛を失った娘の悲劇がだんだんに浮き上がる効果を上げていると見た。作者を後漢の宋子侯とする説もある。

白頭吟

皚如山上雪
皎若雲間月
聞君有両意
故来相決絶
今日斗酒会
明旦溝水頭
躞蹀御溝上

白頭吟《はくとうぎん》　無名氏《むめいし》（相和歌辞《そうわかじ》・楚調曲《そちょうきょく》）

皚《がい》として山上《さんじょう》の雪《ゆき》の如《ごと》く
皎《きょう》として雲間《うんかん》の月《つき》の若《ごと》し
聞《き》くならく君《きみ》に両意《りょうい》有《あ》りと
故《ゆえ》に来《きた》りて相決絶《あいけつぜつ》せんとす
今日《こんにち》は斗酒《としゅ》の会《かい》
明旦《みょうたん》は溝水《こうすい》の頭《ほとり》
御溝《ぎょこう》の上《ほとり》を躞蹀《しょうちょう》すれば

溝水東西流○
凄凄復凄凄△
嫁娶不レ須レ啼△
願得二一心人一
白頭不二相離一△
竹竿何嫋嫋
魚尾何簁簁△
男児重二意気一
何用二銭刀一為△

溝水《こうすい》は東西《とうざい》に流《なが》る
凄凄《せいせい》復《ま》た凄凄《せいせい》
嫁娶《かしゅ》啼《な》くを須《もち》ひず
願《ねが》はくは一心《いっしん》の人《ひと》を得《え》て
白頭《はくとう》まで相離《あいはな》れざらんことを
竹竿《ちくかん》何《なん》ぞ嫋嫋《じょうじょう》たる
魚尾《ぎょび》何《なん》ぞ簁簁《しし》たる
男児《だんじ》意気《いき》を重《おも》んず
何《なん》ぞ銭刀《せんとう》を用《もち》ふるを為《な》さんや

○皚…真っ白い。雪などを形容する語。　○皎…真っ白い。月の光などを形容する語。　○斗酒…一斗の酒。ここでは、酒宴の意に取る。　○溝水…次句に「御溝」とあるので、城を守る川の意に取る。　○蹀躞…ぶらぶら歩くさま。　○凄凄…悲しむさま。　○嫁娶…嫁に行くことと嫁をもらうこと。　○嫋嫋…なよなよとしたさま。　○簁簁…しなやかに揺れるさま。　○銭刀…金銭。昔、刀の形をした貨幣（＝刀銭）があった。

私は山上の真っ白な雪のような、雲の間の月のような真っ白な心を持ってきました。それなのにあなたは私以外の女性にもお気持ちがあるとか、だから、お別れしようとやって参りました。今日別れの宴を開いて下さっても、私は明日には川のほとりにいるでしょう。川の辺りをさまよえば、川の水は東と西とに分かれていきます。ああ何と辛いことでしょう、家から嫁いだ身である私には泣くこともままなりません。同じ心の人を得て、白髪頭になるまで共にいたいものです。竹の竿は何となよなよとしているのでしょう、魚の尾っぽは何としなやかに揺れるのでしょう。男児たる者は人の心意気に感じて行動すべきです、お金などに目がくらんでどうするのでしょうか。

◆妻が夫の心変わりをなじって別れを切り出す内容。冒頭で自分の潔白を述べ、最後に男児のあるべき姿を説く気の強い描写と、中間部分に見える弱い女心の描写が混じるところが面白い。「竹竿」「魚尾」の二句の比喩のさすものについては説が分かれるが、金に目がくらみ、簡単に他の女性のもとに走る男心の比喩と取った。「銭刀」の語に、男が「刀」よりも「金」を重視することへの皮肉を込めた。この詩の作者を卓文君（漢代の文人の司馬相如の妻）に託するテキストもある。

飲馬長城窟行

飲馬《いんば》長城《ちょうじょう》窟行《くっこう》　無《む》名氏《めいし》（相和《そうわ》歌辞《かじ》・瑟調《しっちょう》曲《きょく》）

青 青 河 畔 草•
綿 綿 思㆓遠 道•㆒

青青《せいせい》たる河畔《かはん》の草《くさ》
綿綿《めんめん》として遠道《えんどう》を思《おも》ふ

遠道不レ可レ思
宿昔夢見レ之
夢見在二我傍一
忽覚在二他郷一
他郷各異レ県
展転不二相見一
枯桑知二天風一
海水知二天寒一
入レ門各自媚
誰肯相為言
客従二遠方一来
遺二我双鯉魚一
呼レ児烹二鯉魚一
中有二尺素書一

遠道《えんどう》思《おも》ふべからず
宿 昔夢《しゅくせきゆめ》に之《これ》を見《み》る
夢《ゆめ》に見《み》れば我《われ》が傍《かたわら》に在《あ》り
忽《たちま》ち覚《さ》むれば他郷《たきょう》に在《あ》り
他郷《たきょう》は各《おの》おの県《けん》を異《こと》にし
展転《てんてん》として相見《あいまみ》えず
枯桑《こそう》に天風《てんぷう》を知《し》り
海水《かいすい》に天寒《てんかん》を知《し》る
門《もん》に入《い》れば各《おの》おの自《みずか》ら媚《いつくし》み
誰《たれ》か肯《あえ》て相為《あいため》に言《い》はん
客《かく》遠方《えんぽう》より来《きた》り
我《われ》に双鯉魚《そうりぎょ》を遺《おく》る
児《じ》を呼《よ》んで鯉魚《りぎょ》を烹《に》しむれば
中《なか》に尺素《せきそ》の書《しょ》有《あ》り

長跪読㆓素書㆒
書中竟何如
上言㆑加㆓飡食㆒
下言㆓長相憶㆒

長跪《ちようき》して素書《そしよ》を読《よ》む
書中《しよちゆう》竟《つい》に何如《いかん》ぞ
上《かみ》には飡食《さんしよく》を加《くわ》へよと言《い》ひ
下《しも》には長《なが》く相憶《あいおも》ふと言《い》ふ

○飲馬長城窟…万里の長城の、泉の湧く洞穴で馬に水を飲ませる。○綿綿…連なって絶えないさま。○宿昔…昨夜。○展転…寝返りを打つ。○海…大きな湖。○双鯉魚…二匹の鯉。手紙を入れる文箱と取る説もある。○尺素…一尺ほどの短い絹布。○長跪…上半身を伸ばしたまま膝を地につける礼。

川のほとりに青々とした草が広がっているが、遠征した夫の旅路に寄せる私の思いもはてしない。遠い所は想像することができないが、昨夜夢に夫を見た。夢の中では私の側にいたけれども、突然目が覚めるとやはり夫は外の地域にいる。外の地域はここと県が違うのだから、いくら寝返りを打って夫を思っても無駄である。枯れ始めた桑を見ればそろそろ風が冷たい季節になったとわかり、湖の冷たさを感じれば寒い季節になったとわかる。誰もが自分の家の中で家族と睦まじくしているのだ、誰が私のために慰めの言葉をいってくれよう。遠くからの客が、二匹の魚を贈ってくれた。召使に鯉を煮させると、中から絹布に書いた手紙が出てきた。跪いて手紙を読めば、その中には何と書いてあったか。最初は「ご飯をたくさん食べなさい」とあり、最後には「ずっとそなたのことを思っている」とあった。

◆長城の近くに遠征した夫を思う妻の歌。「枯桑」以下の二句については説が分かれるが二句とも妻のいる地の描写と取った。ただし、「海」を砂漠などの中の湖と解し、「枯桑」の句を妻のいる地方、「海水」の句を夫のいる地方のことと取り、妻が遠くの夫を思う気持ちを込めたとも取れる。作者を後漢の文人、蔡邕とする説もある。

焦仲卿妻

孔雀東南飛。
五里一徘徊。
十三能織レ素
十四学レ裁レ衣。
十五弾二箜篌一
十六誦二詩書一
十七為二君婦一

焦《しょう》仲《ちゅう》卿《けい》の妻《つま》

無《む》名《めい》氏《し》（雑《ざっ》曲《きょく》歌《か》辞《じ》）

孔雀《くじゃく》 東南《とうなん》に飛《と》び
五里《ごり》に一《ひと》たび徘徊《はいかい》す
十三《じゅうさん》能《よ》く素《そ》を織《お》り
十四《じゅうし》衣《い》を裁《た》つを学《まな》び
十五《じゅうご》箜篌《くご》を弾《だん》じ
十六《じゅうろく》詩書《ししょ》を誦《しょう》す
十七《じゅうしち》君《きみ》が婦《ふ》と為《な》るも

心中常苦悲。
君既為㆓府吏㆒
守㆑節情不㆑移。
賤妾留㆓空房㆒
相見常日稀。
鶏鳴入㆑機織、
夜夜不㆑得㆑息、
三日断㆓五疋㆒、
大人故嫌㆑遅。
非㆑為㆓織作㆒㆑遅。
君家婦難㆑為。
妾不㆑堪㆓駆使㆒
徒留無㆑所㆑施。
便可㆘白㆓公姥㆒

心中《しんちゅう》 常《つね》に苦悲《くひ》す
君《きみ》既《すで》に府吏《ふり》と為《な》り
節《せつ》を守《まも》つて情《じょう》 移《うつ》らず
賤妾《せんしょう》は空房《くうぼう》に留《とど》まり
相見《あいみ》ること常 日《じょうじつ》稀《まれ》なり
鶏鳴《けいめい》機《き》に入《い》りて織《お》り
夜夜《やや》息《いこ》ふことを得《え》ず
三日《みっか》に五疋《ごひき》を断《た》てども
大人《たいじん》は故《ことさら》に遅《おそ》きを嫌《きら》ふ
織《しょく》の遅《おそ》きを作《な》すが為《ため》に非《あら》ず
君《きみ》が家《いえ》の婦《ふ》は為《な》り難《がた》し
妾《しょう》は駆使《くし》に堪《た》へず
徒《いたずら》に留《とど》まるも施《ほどこ》す所《ところ》 無《な》し
便《すなわ》ち公姥《こうぼ》に白《もう》して

及レ時相遣帰　　時《とき》に及《およ》んで相遣帰《あいけんき》すべしと

○孔雀～徘徊…夫婦が別れ難い様子。これから始まる悲劇の比喩である。○箜篌…くだらごと。ハープに似た楽器。○府吏…府の役人。○五疋…二反の絹。○大人…人を敬って言う語。男女どちらにも言う。ここでは、姑をさす。○駆使…使われる。○公姥…仲卿の父と母。

つがいの孔雀が東と南に分かれて飛んでいこうとするが、五里進むたびにためらって進まない。（焦仲卿の妻、劉氏は言う。）「私は十三の時に白絹の織り方を覚え、十四で着物の裁ち方を学び、十五の時に箜篌の弾き方を覚え、十六の時には詩経や書経も暗記しました（良い妻となるため、十分な勉強をしてから嫁ぎました）。十七の時にあなたの妻になりましたが、心の中はいつも苦労でいっぱいでした。（なぜなら）あなたは役人としてお勤めひとすじに励まれ、夫婦の情に引きずられることはありません。私はいつも一人で部屋におり、あなたにはめったにお会いできません。鶏が鳴く時刻には起き出して機を織り、毎晩ゆっくり休むこともありません。三日で五疋の絹布を織り上げますが、お義母様はわざと『おまえは仕事が遅い』とお怒りになる。私の仕事が遅いのではなく、この家の嫁としてお仕えするのが難しいのです。私はこの家の仕事には耐えられません、この家に留まっていても無駄なこと。すぐにも、お義父様お義母様に申し上げて、私を実家に帰らせて下さい。」

◆ 第一の部分。妻が、姑に冷遇されるので実家に帰りたいと申し出る。

この詩には序があり、それによると、後漢末の建安年間（一九六～二二〇）に、廬江府（漢の郡名、もと安徽省廬江県の西、漢末には潜山県に属す）の小吏、焦仲卿という人物がいた。その妻、劉氏は姑に気に入られず、やむなく離縁することとなった。実家に帰った劉氏は家族に再婚を迫られ、自害した。これを聞いた仲卿もまた自害した。当時の人々は夫婦を憐れみ、この詩を作ったという。この時代には珍しい長篇叙事詩。台詞に当たる部分が多いのが特徴である。似た表現を繰り返すなど素朴さもみられるが、多くの登場人物の心情や行動を精緻に描き出している。題を「孔雀東南飛」とするテキストもある。

府吏得レ聞レ之
堂上啓二阿母一、
児已薄禄相
幸復得二此婦一、
結髪同二枕席一
黄泉共為レ友、
共事三二年
始爾未レ為レ久、
女行無二偏斜一
何意致二不厚一、
阿母謂二府吏一

府吏《ふり》之《これ》を聞《き》くを得《え》て
堂上《どうじよう》にて阿母《あぼ》に啓《もう》す
児《じ》已《すで》に薄禄《はくろく》の相《そう》あり
幸《さいわい》に復《ま》た此《こ》の婦《ふ》を得《え》たり
結髪《けつぱつ》 枕席《ちんせき》を同《おな》じうし
黄泉《こうせん》まで共《とも》に友為《ともた》らんとす
共《とも》に事《つか》ふること三二《さんに》年《ねん》
始《はじ》めて爾《しか》くして未《いま》だ久《ひさ》しと為《な》さず
女《じよ》の行《こう》に偏斜《へんしや》無《な》し
何《なん》の意《い》ありてか不厚《ふこう》を致《いた》すと
阿母《あぼ》府吏《ふり》に謂《い》ふ

何乃太区区。
此婦無㆓礼節㆒
挙動自専由。
吾意久懐㆑忿
汝豈得㆓自由㆒。
東家有㆓賢女㆒
自名㆓秦羅敷㆒。
可憐体無㆑比
阿母為㆑汝求。
便可㆓速遣㆒㆑之
遣去慎莫㆑留。
府吏長跪告
伏惟啓㆓阿母㆒
今若遣㆓此婦㆒

何《なん》ぞ乃《すなわ》ち太《はなは》だ区区《くく》たる
此《こ》の婦《ふ》礼節《れいせつ》無《な》し
挙動《きょどう》自《みずか》ら専由《せんゆう》なり
吾《わ》が意《い》久《ひさ》しく忿《いかり》を懐《いだ》けり
汝《なんじ》豈《あに》自由《じゆう》なるを得《え》んや
東家《とうか》に賢女《けんじょ》有《あ》り
自《みずか》ら秦《しん》の羅敷《らふ》と名《な》づく
可憐《かれん》 体《たい》に比《ひ》無《な》し
阿母《あぼ》汝《なんじ》が為《ため》に求《もと》めん
便《すなわ》ち速《すみや》かに之《これ》を遣《や》るべし
遣《や》り去《さ》つて慎《つつし》んで留《とど》むる莫《なか》れと
府吏《ふり》長《ちょうき》 跪して告《つ》ぐ
伏《ふ》して惟《これ》阿母《あぼ》に啓《もう》す
今《いま》若《も》し此《こ》の婦《ふ》を遣《や》らば

終老不㆓復取㆒
阿母得㆑聞㆑之
槌㆑牀便大怒
小子無㆑所㆑畏
何敢助㆓婦語㆒
吾已失㆓恩義㆒
会不㆓相従計㆒

終老《しゅうろう》まで復《ま》た取《めと》らじと
阿母《あぼ》之《これ》を聞《き》くを得《え》て
牀《しょう》を槌《つい》して便《すなわ》ち大《おお》いに怒《いか》る
小子《しょうし》畏《おそ》るる所《ところ》無《な》し
何《なん》ぞ敢《あえ》て婦《ふ》の語《ご》を助《たす》くる
吾《われ》已《すで》に恩義《おんぎ》を失《うしな》へり
会《かなら》ず相従《あいしょう》 計《けい》せずと

○薄禄相…不幸になる人相。○結髪…元服して髪を結い、冠をかぶる。○黄泉…死者の行く所。○不厚…冷遇。○区区…小さい様子。○専由…独占する。○自名秦羅敷…その名は秦羅敷という。秦羅敷は「陌上桑」に登場する美女の名。ここでは、東家の娘が秦羅敷という名だということで、美しい娘のイメージに借りていう。○槌牀…物で腰掛けを打つ。○従計…従い計る。そのようにする。

府吏（焦仲卿）はこれを聞き、堂上で母に申し上げた。「私は幸薄い者ではございますが、さいわいこの妻を娶りました。成人してから寝室をともにする仲となり、死後も一緒にいたいと願っております。私どもが夫婦として父上母上にお仕えしてからわずか二、三年、妻の行動に不足があるとは思えませぬ、なぜ妻に冷たくなさる」と。母は府吏に言う、「おまえはなんとこせこせとしておるのじゃ。あの嫁は礼儀知らずで、勝手な行動ばかり。

わしは長らく怒っておった、おまえの好きにはさせぬ。東の家には良い娘御がいるぞ、その名は秦の羅敷という。愛らしいことこの上ない、わしがおまえのために貰ってやる。さっさとあの嫁を里に帰せ。ぐずぐずと留めておくでないぞ」と。府吏は跪いて言う、「謹んで母上に申し上げます、もしも嫁を里に帰したならば、私は一生再婚しません」と。母はこれを聞き、腰掛けを打って怒り狂う。「親をも怖れぬ不孝者め、何ゆえあの嫁の肩など持つのじゃ。おまえを我が子と思う気持ちも失せるわ。おまえの思うようにはさせぬからの」と。

● 第二の場面。妻をかばう焦仲卿と、嫁が気に入らない母との口論。

府吏黙無レ声
再拝還入レ戸。
挙レ言謂二新婦一
哽咽不レ能レ語。
我自不レ駆レ卿
逼迫有二阿母一。
卿但暫還レ家
吾今且報レ府。
不レ久当二帰還一

府吏《ふり》黙《もく》して声無《こえな》く
再拝《さいはい》して還《かえ》つて戸《と》に入《い》る
言《げん》を挙《あ》げて新婦《しんぷ》に謂《い》ふに
哽咽《こうえつ》して語《かた》る能《あた》はず
我自《われみずか》らは卿《けい》を駆《か》らず
逼迫《ひよくはく》するに阿母《あぼ》有《あ》り
卿《けい》但《た》だ暫《しばら》く家《いえ》に還《かえ》れ
吾今且《われいままさ》に府《ふ》に報《ほう》ぜんとす
久《ひさ》しからずして当《まさ》に帰還《きかん》すべし

還必相迎取
以㆑此下㆓心意㆒
慎勿㆑違㆓我語㆒
新婦謂㆓府吏㆒
勿㆓復重紛紜㆒
往昔初陽歳
謝㆑家来㆓貴門㆒
奉事循㆓公姥㆒
進止敢自専
昼夜勤㆓作息㆒
伶俜縈㆓苦辛㆒
謂言無㆓罪過㆒
供養卒㆓大恩㆒
仍更被㆓駆遣㆒

還《かえ》らば必《かなら》ず相迎《あいむか》へ取《と》らん
此《これ》を以《もっ》て心意《しんい》を下《くだ》し
慎《つつし》んで我《わ》が語《ご》に違《たが》ふ勿《なか》れと
新婦《しんぷ》府吏《ふり》に謂《い》ふ
復《ま》た重《かさ》ねて紛紜《ふんうん》する勿《なか》れ
往昔初陽《おうせきしよよう》の歳《とし》
家《いえ》を謝《しゃ》して貴門《きもん》に来《きた》り
奉事《ほうじ》公姥《こうぼ》に循《したが》ひ
進止《しんし》敢《なん》ぞ自《みずか》ら専《もっぱ》らにせん
昼《ちゅう》夜《や》作息《さそく》を勤《つと》め
伶俜《れいへい》として苦辛《くしん》に縈《まつわ》る
謂《おも》ふ言《われ》罪過《ざいか》無《な》く
供養《くよう》して大恩《たいおん》を卒《お》へんと
仍更《なおさら》に駆遣《くけん》せらる

何言㆓復来還㆒△
妾有㆓繡腰襦㆒
葳蕤自生㆑光□
紅羅複斗帳
四角垂㆓香嚢㆒□
箱簾六七十
緑碧青糸縄□
物物各自異
種種在㆓其中㆒□
人賤物亦鄙
不㆑足㆑迎㆓後人㆒◎
留待作㆓遺施㆒
於㆑今無㆓会因㆒◎
時時為㆓安慰㆒

何《なん》ぞ復《ま》た来《きた》り還《かえ》るを言《い》はんや
妾《しょう》に繡《しゅう》 腰襦《ようじゅあ》有り
葳蕤《いすい》として自《おのずか》ら光《ひかり》を生《しょう》ず
紅羅《こうら》の複斗帳《ふくとちょう》
四角《しかく》香嚢《こうのう》を垂《た》る
箱簾六七十《そうれんろくしちじゅう》
緑《りょく》 碧青糸《へきせいし》の縄《じょう》あり
物物各自《ぶつぶつかくじ》異《こと》なり
種種《しゅじゅ》其《そ》の中《うち》に在《あ》り
人《ひと》賤《いや》しければ物《もの》亦《ま》た鄙《いや》しく
後人《こうじん》を迎《むか》ふるに足《た》らじ
留《りゅう》 待《たい》して遺施《いし》と作《な》せ
今《いま》に於《おい》て会因《かいいん》無《な》し
時時《じじ》 安慰《あんい》を為《な》し

久久莫二相忘一□　久《きゅう》久《きゅう》相《あい》忘《わす》るる莫《な》かれと

○挙言…すべて伝える。○哽咽…むせび泣く。○卿…夫婦や友人の間で相手を呼ぶ語。○逼迫…圧力をかける。○紛紜…面倒を引き起こす。○初陽…二月頃。○敢…なんぞ。反語。「何」と同じ。○作息…労働と休息。○伶俜…おちぶれる。○謂言…「言」は調子を整える語。○供養…父母に仕える。○駆遣…追い出す。○繡腰襦…刺繡をした短い衣。○葳蕤…華やかな様子。○複斗帳…寝台を覆う二重のとばり。○香嚢…匂い袋。○箱簾…化粧箱。「簾」を「奩」の訛と見る説に従う。

府吏（＝仲卿）は黙り込み、お辞儀をして自分の部屋に帰った。母の言葉をすべて妻に伝えようとするが、涙にむせび言葉もない。仲卿はやっと言った、「私とてそなたを追い立てたくはないのだ、しかし、母上が激しくお責めになる。そなたは暫く実家に帰りなさい、私はいま府の役所に行かねばならぬ用事がある。しかし、すぐにでも帰って来る、帰ったら必ず迎えに行く。どうか心をしっかりと持って、私の言うことを聞いてくれ」と。新婦は府吏に答えて言う、「もうこれ以上面倒を引き起こさないで下さいな。昔、二月ごろに実家を去ってこちらの家に嫁いでから、事ごとに義父様義母様に従い、自分勝手な行動は致しませんでした。日夜仕事に励み、苦労のためやつれ果ててました。しかし、私には何の落ち度もないのだと思い、ご両親のご恩に報いるべくお仕えしました。しかし、（これだけ努力したにもかかわらず）追い立てられるのです、また帰って来ることなどできましょうか。私は刺繡した短い上着を持っています、華やかで光り輝くようです。紅のうすぎぬの二重のとばりで四隅に匂い袋のついたものもあります。化粧箱が六、七十個、色とりどりの紐がついています。物はそれぞれ異なりますが、それぞれ良さがあります。私のような者の持ち物ですからたいしたものはありません、新しい奥様をお迎えになるのには不足でしょう。しかし、残して贈り物としましょう、もはやあなたとお会いできる術はありません。たまにはお言葉をお寄せ下さい、いつまでも私をお忘れにならないで下さい」と。

◆第三の場面。妻を何とか説得しようとする仲卿と、離縁を覚悟し、夫を思いやる妻との会話により、夫婦の愛情を表現する。

鶏鳴外欲レ曙　　鶏鳴《とりな》いて外《そと》曙《あ》けんと欲《ほつ》す
新婦起厳粧□　　新婦《しんぷ》起《た》つて厳粧《げんしょう》す
著二我繡裌裙一　　我《わ》が繡裌裙《しゅうきょうくん》を著《つ》く
事事四五通□　　事事《じじ》四五《しご》通《つう》
足下躡二糸履一　　足下《そくか》に糸履《しり》を躡《ふ》み
頭上玳瑁光□　　頭上《ずじょう》に玳瑁《たいまい》光《かがや》く
腰若レ流二紈素一　　腰《こし》は紈素《がんそ》の流《なが》るる若《ごと》く
耳著二明月璫一□　　耳《みみ》には明月《めいげつ》の璫《とう》を著《つ》く
指如レ削二葱根一　　指《ゆび》は葱根《そうこん》を削《けず》るが如《ごと》く
口如レ含二珠丹一　　口《くち》は珠丹《しゅたん》を含《ふく》むが如《ごと》し

纖纖作㆓細歩㆒
精妙世無㆑双
上㆑堂拝㆓阿母㆒
阿母怒不㆑止・
昔作㆓女児㆒時
生小出㆓野里㆒・
本自無㆓教訓㆒
兼愧㆓貴家子㆒・
受㆑母銭帛多
不㆑堪㆓母駆使㆒・
今日還㆑家去
念㆔母労㆓家裏㆒・
却与㆓小姑㆒別
涙落連㆓珠子㆒・

纖纖《せんせん》として細歩《さいほ》を作《な》し
精妙《せいみょう》は世《よ》に双《なら》び無《な》し
堂《どう》に上《のぼ》つて阿母《あぼ》を拝《はい》するに
阿母《あぼ》は怒《いか》つて止《や》まず
昔《むかし》女児《じょじ》作《た》りし時《とき》
生小《せいしょう》野里《やり》に出《い》づ
本《もと》自《おのずか》ら教訓《きょうくん》無《な》く
兼《か》ねて貴家《きか》の子《こ》たるに愧《は》づ
母《はは》に受《う》くるの銭帛《せんぱく》は多《おお》けれども
母《はは》の駆使《くし》に堪《た》へず
今日《こんにち》家《いえ》に還《かえ》り去《さ》るに
母《はは》の家裏《かり》に労《ろう》せんことを念《おも》ふ
却《かえ》りて小姑《しょうこ》と別《わか》るるに
涙《なみだ》は落《お》ちて珠子《しゅし》を連《つら》ぬ

新婦初来時
小姑始扶レ牀
今日被二駆遣一
小姑如レ我長
勤レ心養二公姥一
好自相扶将
初七及下九
嬉戯莫二相忘一
出レ門登レ車去
涕落百余行

新婦《しんぷ》初《はじ》めて来《きた》りし時《とき》
小姑《しょうこ》始《はじ》めて牀《しょう》に扶《たす》けらる
今日駆《こんにちく》遣《けん》せらる
小姑《しょうこ》我《わ》が如《ごと》く長《ちょう》せば
心《こころ》を勤《つと》めて公姥《こうぼ》を養《やしな》ひ
好《よ》く自《みずか》ら相扶《あいふ》将《しょう》せよ
初七及《しょしちおよ》び下《か》九《きゅう》
嬉戯《きぎ》相忘《あいわす》るる莫《なか》れと
門《もん》を出《い》でて車《くるま》に登《のぼ》り去《さ》るに
涕落《なみだお》つること百《ひゃく》余《よ》行《こう》

○繍裌裙…刺繍を施した、裏付きのあるはかま。○事事…物ごとに。種類ごとに。○糸履…絹のくつ。○玳瑁…亀の一種。ここでは、その甲羅で作った飾り。○明月璫…「璫」は耳飾り。「明月璫」は真珠の耳飾りであろう。○珠丹…丹塗りの真珠。○初七、下九…毎月の七日と二十九日。当時の祭日であろう。

鶏が鳴き、夜が明けるころ、妻は立ち上がって念入りに身支度する。刺繍の付いた袴を着け、その他の飾りをそれぞれ数個ずつ身に付ける。絹のくつを履き、玳瑁の髪飾りを輝かせる。腰のあたりの絹布は水の流れのようにしなやかに揺れ、耳には明月のような耳飾りを付ける。指はネギの根を削ったように白く細く、口は赤い玉を含むようにつややか。ほっそりとした体つきで小またに歩けば、この上ない美しさである。堂に登って姑に挨拶すると、姑は激しく怒っている。「嫁ぐ前まで田舎にて育ちました。きちんとした教養も身に付けぬ身で立派なお宅の嫁となることを恥ずかしく思っておりました。母上様には多くのお金や絹を頂戴しましたが、母上様のお仕事には耐えられません。今日お暇を頂いたあと、お母様はさぞご不自由なことでしょう」。次に小姑と別れの挨拶をすると、涙は珠を連ねたよう。「私がこの家に嫁いできた時、あなたはベッドにつかまり立ちするくらい小さかったわ。私はこの家から出て行くことになりました、私ぐらいに大きくなったら、ご両親によくお仕えして、自分の体も大事にしてね。七日や二十九日に一緒に遊んだことを忘れないでね」。門を出て車に乗り出発すると、涙はとめどなく流れる。

◆第四の場面。妻の美しさの描写や小姑との会話により悲劇を印象づける。

府吏馬在レ前
新婦車在レ後・
隠隠何甸甸
倶会二大道口一・
下レ馬入二車中一

府吏《ふり》の馬《うま》は前《まえ》に在《あ》り
新婦《しんぷ》の車《くるま》は後《うしろ》に在《あ》り
隠隠《いんいん》として何《なん》ぞ甸甸《でんでん》たる
倶《とも》に大道《だいどう》の口《ほとり》に会《かい》す
馬《うま》を下《くだ》つて車中《しやちゆう》に入《い》り

低㆑頭共耳語、
誓不㆑相㆓隔卿㆒
且暫還㆑家去、
吾今且赴㆑府
不㆑久当㆓還帰㆒。
誓㆑天不㆓相負㆒
新婦謂㆓府吏㆒
感㆓君区区懐㆒。
君既若見㆑録
不㆑久望㆓君来㆒。
君当㆑作㆓磐石㆒
妾当㆑作㆓蒲葦㆒
蒲葦紉如㆑糸。
磐石無㆓転移㆒。

頭《こうべ》を低《た》れて共《とも》に耳語《じご》す
誓《ちか》つて卿《けい》を相隔《あいへだ》てず
且《か》つ暫《しばら》く家《いえ》に還《かえ》り去《さ》れ
吾今且《われいままさ》に府《ふ》に赴《おもむ》かんとす
久《ひさ》しからずして当《まさ》に還帰《かんき》すべし
天《てん》に誓《ちか》つて相負《あいそむ》かずと
新婦府吏《しんぷふり》に謂《い》ふ
君《きみ》が区区《くく》の懐《おもい》に感《かん》ず
君既《きみすで》に若《も》し録《ろく》せられなば
久《ひさ》しからずして君《きみ》の来《きた》るを望《のぞ》まん
君《きみ》は当《まさ》に磐石《ばんじゃく》と作《な》るべし
妾《しょう》は当《まさ》に蒲葦《ほい》と作《な》るべし
蒲葦《ほい》は紉《じん》となりて糸《いと》の如《ごと》く
磐石《ばんじゃく》は転移《てんい》無《な》し

我有㆓親父兄㆒
性行暴如㆑雷。
恐不㆑任㆓我意㆒
逆以煎㆓我懐㆒。
挙㆑手長労労
二情同依依。

我《われ》に親父《しんふ》兄《けい》有《あ》り
性《せい》行《こう》暴《ぼう》なること雷《らい》の如《ごと》し
恐《おそ》らくは我《わ》が意《い》に任《まか》せざらん
逆《あらかじ》め以《もつ》て我《わ》が懐《おもい》を煎《に》ると
手《て》を挙《あ》げて長《とこし》へに労労《ろうろう》し
二《に》情《じょう》同《おな》じく依依《いい》たり

○隠隠・甸甸…車の音の形容語。○区区…ちっぽけなさま。ここでは、自分のようなもののために心を砕いてくれている、という意。○録…記録する。○磐石…大きくどっしりした石。○蒲葦…植物のガマとアシ。○紉…より合わせて縄にする。○労労…慰める。○依依…離れがたいさま。

府吏の乗った馬は前にあり、妻の乗った車は後ろにいた。車の音をガラガラと響かせ、大通りのほとりで出会った。府吏は馬を下りて車に入り、頭を低くし耳元で囁き合った。「誓ってそなたを離縁することなどない。まあしばらく実家に帰っていなさい。府の役所に行って来るが、すぐに戻って来る。天に誓う」。妻は府吏に言う、「私などのために心を砕いて下さるお気持ちに感謝します。あなたがお見捨てにならなければ、すぐに来て下さることでしょう。あなたが大きな石のようなお心を持ち続けて下されば、私も蒲や葦のような心を持ち続けましょう。蒲や葦はより合わせれば糸のように途切れず、大きな石は全く動きません。しかし、私には父と兄がおり、性格が荒々しいのです。私の意志を通すことはできないでしょう。それを思うと今からもう心の中が焦げ付くようです」。別れ際に手を挙げていつまでもいたわり合えば、二人とも離れがたい気持ちで胸が一杯になる。

❖第五の場面。植物や石の比喩を用いて、心変わりしないことを誓う。

入レ門上二家堂一
進退無二顔儀一○
阿母大拊レ掌
不レ図子自帰△
十三教二汝織一
十四能裁レ衣○
十五弾二箜篌一
十六知二礼儀一○
十七遣レ汝嫁
謂言無二誓違一○
汝今何罪過

門《もん》に入《い》つて家堂《かどう》に上《のぼ》るに
進退顔儀《しんたいがんぎ》無《な》し
阿母《あぼ》大《おお》いに掌《たなごころ》を拊《う》ち
図《はか》らざりき　子《し》が自《みずか》ら帰《かえ》らんとは
十三汝《じゅうさんなんじ》に織《しょく》を教《おし》へ
十四《じゅうし》能《よ》く衣《い》を裁《た》ち
十五《じゅうご》箜篌《くご》を弾《だん》じ
十六礼儀《じゅうろくれいぎ》を知《し》る
十七汝《じゅうしちなんじ》を遣《つか》はして嫁《か》せしむ
謂《おも》ふ言《ここ》に誓《ちか》ひ違《たが》ふ無《な》からんと
汝今何《なんじいまなん》の罪過《ざいか》ありてか

不㆑迎而自帰。
蘭芝慚㆓阿母㆒
児実無㆓罪過㆒
阿母大悲摧。
還㆑家十余日
県令遣㆑媒来。
云有㆓第三郎㆒
窈窕世無㆑双
年始十八九
便言多㆓令才㆒。
阿母謂㆓阿女㆒
汝可㆓去応㆒㆑之。
阿女含㆑涙答
蘭芝初還時。

迎《むか》へざるに自《みずか》ら帰《かえ》れると
蘭芝《らんし》は阿母《あぼ》に慚《は》づ
児実《じじつ》に罪過《ざいか》無《な》しと
阿母《あぼ》大《おお》いに悲摧《ひさい》す
家《いえ》に還《かえ》つて十余《じゅうよ》日《にち》
県令媒《けんれいばい》を遣《つか》はし来《きた》らしむ
云《い》ふ　第三郎《だいさんろう》有《あ》り
窈窕《ようちょう》として世《よ》に双《なら》び無《な》し
年始《としはじ》めて十八九《じゅうはちく》
便言《べんげん》にて令才《れいさい》多《おお》しと
阿母《あぼ》は阿女《あじょ》に謂《い》ふ
汝《なんじさ》去りて之《これ》に応《おう》ずべしと
阿女涙《あじょなみだ》を含《ふく》んで答《こた》ふ
蘭芝《らんし》初《はじ》め還《かえ》りし時《とき》

府吏見㆓丁寧㆒
結㆑誓不㆓別離㆒◦
今日違㆓情義㆒
恐此事非㆑奇◦
自可㆑断㆓来信㆒
徐徐更謂㆑之◦
阿母白㆓媒人㆒
貧賤有㆓此女㆒•
始適還㆓家門㆒
不㆑堪㆓吏人婦㆒•
豈合㆓令郎君㆒
幸可㆓広問訊㆒
不㆑得㆓便相許㆒•

府吏《ふり》丁寧《ていねい》にせられ
誓《ちかい》を結《むす》びて別離《べつり》せずと
今日《こんにち》情義《じょうぎ》に違《たが》ふ
恐《おそ》らくは此《こ》の事《こと》奇《き》に非《あら》ず
自《おのずか》ら来信《らいしん》を断《た》つべし
徐徐《じょじょ》に更《さら》に之《これ》を謂《い》はんと
阿母《あぼ》媒人《ばいにん》に白《もう》す
貧賤《ひんせん》此《こ》の女《じょ》有《あ》り
始《はじ》めて適《ゆ》きて家門《かもん》に還《かえ》れり
吏人《りじん》の婦《ふ》たるに堪《た》へず
豈《あに》令郎君《れいろうくん》に合《がっ》せんや
幸《さいわい》に広《ひろ》く問訊《もんじん》すべし
便《すなわ》ち相許《あいゆる》すことを得《え》ずと

〇無顔儀…ふさいだ顔つきでいる。〇悲摧…ひどく悲しむ。〇県令…県の長官。〇窈窕…しとやか。

実家の門に入って座敷に上がるが、進む姿はまったくしょんぼりとしたものである。母は手のひらを激しく叩いて怒りを表し、「おまえが自分から出戻って来るとは思わなんだ。おまえが十三の時には機織りを教え、十四の時には着物の裁ち方を覚えさせた。十五の時には箜篌を弾けるようにさせ、十六の時には礼儀作法を身につけさせた。十七でおまえを嫁入りさせ、誓いに背くことはないだろうと思っていた。おまえはいったいどのような過失があって、迎えにも行かないのに自分から出戻ってきたのか」と言った。蘭芝は母に申し訳ないとは思いながら「本当に私に過失はございません」と言う。母はひどく嘆き悲しむ。家に帰って十数日経ったころ、県令が仲人を立ててやって来させ、こう言わせた。「県令には三番目の若様がおられ、そのしとやかさは類い稀なものでございます。お年は十八、九になられたばかり、弁舌は爽やかで才能に溢れた方です」。母は娘に「おまえはこちら様の申し込みをお受けしなさい」と言う。娘は涙を浮かべ、「蘭芝が家に帰る時、府吏はねんごろに私に接して下さり、二人で決して離婚しないと誓いを立てました。今この約束を違えるのは、よいこととは思われません。お仲人さんのお申し込みはお断り下さい、今後のことはゆっくりと話し合いましょう」と言う。母は「貧しい家に育った娘が、嫁入りしたと思ったらまた出戻って来たのです。小役人の妻さえ務まらないのですから、そちらの若様には釣り合いますまい。どうぞ広く他の方をお探し下さい。この申し込みはすぐにお受けできかねます」と言う。

◆第六の場面。説明的な台詞により実家の母の嘆きをこまかに表す。

媒人去数日

媒人《ばいにん》去《さ》つて数日《すうじつ》

尋遣㆑丞請㆑還。
説有㆓蘭家女㆒
承籍有㆓宦官㆒。
云有㆓第五郎㆒
嬌逸未㆑有㆑婚。
遣㆑丞為㆓媒人㆒
主簿通㆓語言㆒。
直説太守家
有㆓此令郎君㆒。
既欲㆑結㆓大義㆒
故遣来㆓貴門㆒。
阿母謝㆓媒人㆒。
女子先有㆑誓
老姥豈敢言。

尋《つ》いで丞《じょう》を遣《つか》はし還《せん》を請《こ》はしむ
説《と》く蘭家《らんか》の女《じょぁ》有り
承 籍宦官《しょうせきかんがんぁ》有りと
云《い》ふ第五《だいご》郎《ろうぁ》有り
嬌逸《きょういつ》にして未《いま》だ婚《こんぁ》有らず
丞《じょう》を遣《つか》はして媒人《ばいにん》と為《な》し
主簿《しゅぼ》をして語言《ごげん》を通《つう》ぜしむと
直《ただ》説《と》く太守《たいしゅ》の家《いえ》
此《こ》の令郎君《れいろうくんぁ》有り
既《すで》に大義《たいぎ》を結《むす》ばんと欲《ほっ》す
故《ことさら》に遣《つか》はして貴門《きもん》に来《きた》らしむと
阿母《あぼ》 媒人《ばいにん》に謝《しゃ》す
女子《じょし》先《さき》に誓《ちかいぁ》有り
老姥《ろうぼ》豈《あに》 敢《あえ》て言《い》はんやと

阿兄得レ聞レ之
悵然心中煩。
挙レ言謂二阿妹一
作レ計何不レ量
先嫁得二府吏一
後嫁得二郎君一。
否泰如二天地一
足三以栄二汝身一。
不レ嫁二義郎体一
其往欲二何云一。
蘭芝仰レ頭答
理実如二兄言一。
謝レ家事二夫壻一
中道還二兄門一。

阿《あ》兄之《けいこれ》を聞《き》くことを得《え》て
悵然《ちょうぜん》として心中《しんちゅう》に煩《わずら》ひ
言《こと》を挙《あ》げて阿妹《あまい》に謂《い》ふ
計《けい》を作《な》す何《なん》ぞ量《はか》らざる
先《さき》に嫁《か》して府吏《ふり》を得《え》
後《のち》に嫁《か》して郎君《ろうくん》を得《う》るは
否泰天地《ひたいてんち》の如《ごと》く
以《もっ》て汝《なんじ》が身《み》を栄《さか》えしむるに足《た》らん
義《ぎ》郎《ろう》の体《たい》に嫁《か》せずんば
其《そ》の往《さき》何云《いか》にせんと欲《ほっ》すると
蘭芝《らんし》頭《こうべ》を仰《あお》ぎて答《こた》ふ
理《り》実《じつ》に兄《あに》の言《げん》の如《ごと》し
家《いえ》を謝《しゃ》して夫壻《ふせい》に事《つか》へ
中道《ちゅうどう》にして兄《あに》の門《もん》に還《かえ》る

処分適㆓兄意㆒
那得㆓自任専㆒
雖㆘与㆓府吏㆒要㆖
渠会永無レ縁
登即相許和
便可レ作㆓婚姻㆒

処分《しょぶん》は兄《あに》が意《い》に適《てき》せんのみ
那《なん》ぞ自《みずか》ら任《にん》じて専《もっぱ》らにするを得《え》ん
府吏《ふり》と要《よう》せりと雖《いえど》も
渠《かれ》 会《かなら》ず永《なが》く縁無《えんな》からん
登即《とうそく》 相許和《あいきょわ》し
便《すなわ》ち婚姻《こんいん》を作《な》すべしと

○丞…副官。○還…「旋」に通じる。ここでは、再婚拒否の意志を変えること。○蘭家女…妻の名は「劉蘭芝」なので、「劉家女」または「蘭芝女」の誤りと思われる。○承籍…官位のある先祖の戸籍を継承する。○宦官…役人。○嬌逸…優れて美しい。○主簿…書記官。○太守…廬江の太守。郡の長官。県の上に郡がある。○悵然…恨めしげなさま。○否泰…「否」は不運。「泰」は幸運。それぞれ易の卦に基づく。○登即…すぐさま。

仲人が去って数日、続いて今度は太守が属官を遣わして再婚について考え直すように申し入れてきた。「聞く所によりますと、お宅には娘御がいらっしゃるとか。また、代々官職に就いていたお家柄とか」。さらに言うには、「太守さまの五番目の若様は優れて美しいお方ですが、未婚です。その方のため、属官である私を媒人に、書記官を結婚の申し込みの役として遣わされたのです」。彼らはひたすら説得し、「太守さまは若様に大切な結婚のご縁を結ばせるために、わざわざ私ども二人をこちらのお宅に使者として遣わされたのですよ」と言う。母は仲人に謝り、「娘は既に他の方と誓いを立てたとのこと、母である私には何も申せません」と言った。兄はこれを聞き、心中に恨めしく思い、いらいらとして妹に言葉を浴びせた。「おまえには事の軽重というものがわからないのか。前は府吏の妻だったおまえが、今度は太守さまの若様の妻となれるのだぞ。運と不運は天と地の如く違うのだ。おまえもこれで出世できるというもの。こんな立派な方に嫁がないで、今後どうしようというのだ」。蘭芝は兄を見上げ言う。「兄上のおっしゃるとおりでございます。家から嫁に出て夫に仕え、途中で実家の兄上の所に戻ってきたのですから、私の身の振り方は兄上にお任せします、私の意志を通そうなど許されぬことでした。府吏と約束を交わしたとは言っても、あの方とはもう永遠にご縁はないでしょう。すぐさま太守さまのお宅の申し込みをお受けし、結婚することといたしましょう」。

◆第七の場面。県令に続いて、さらに身分の高い太守の家までが結婚を申し込む。兄の剣幕に意志を通すことの無理を悟る。

媒人下㆑牀去　　媒人《ばいにん》牀《しょう》を下《くだ》り去《さ》り

諾諾復爾爾　　諾諾《だくだく》　復《ま》た爾爾《じじ》

還㆑部白㆓府君㆒　　部《ぶ》に還《かえ》つて府君《ふくん》に白《もう》す

下官奉㆓使命㆒　　下官《かかん》使命《しめい》を奉《ほう》じ

言談大有㆑縁　　言談《げんだん》大《おお》いに縁《えん》有《あ》りと

府君得レ聞レ之
心中大歡喜
視レ曆復開レ書
便利二此月内一
六合正相応
良吉三十日・
今已二十七・
卿可二去成一レ婚。
交レ語速装束
絡繹如二浮雲一。
青雀白鵠舫
四角龍子幡。
婀娜随レ風転
金車玉作レ輪。

府《ふ》君《くん》之《これ》を聞《き》くを得《え》て
心中《しんちゅう》大《おおい》に歓喜《かんき》す
暦《こよみ》を視《み》 復《ま》た書《しょ》を開《ひら》き
便《すなわ》ち此《こ》の月内《げつない》を利《り》とす
六合《りくごう》正《まさ》に相応《あいおう》じ
良《りょう》 吉《きち》は三十《さんじゅう》 日《にち》なり
今《いま》已《すで》に二十《にじゅう》 七《しち》
卿《けい》去《い》って婚《こん》を成《な》すべしと
語《ご》を交《まじ》へて速《すみや》かに装 束《しょうぞく》す
絡繹《らくえき》として浮雲《ふうん》の如《ごと》し
青雀《せいじゃく》 白鵠《はくこく》の舫《ほう》
四《し》角龍《かくりょう》 子《し》の幡《はん》
婀娜《あだ》として風《かぜ》に随《したが》って転《てん》じ
金車《きんしゃ》 玉《たま》もて輪《りん》と作《な》す

躑躅青驄馬
流蘇金縷鞍。
齎レ銭三百万
皆用二青糸一穿。
雑綵三百匹
交広市二鮭珍一。
従人四五百
鬱鬱登二郡門一。
阿母謂二阿女一、
適得二府君書一
明日来迎レ汝、
何不レ作二衣裳一
莫レ令二事不一レ挙、
阿女黙無レ声

躑躅《てきちょく》たる青驄《せいそう》の馬《うま》
流蘇《りゅうそ》は金縷《きんろう》の鞍《くら》
銭《せん》を齎《もた》らす三百万《さんびゃくまん》
皆《みな》青糸《せいし》を用《もっ》て穿《うが》つ
雑綵《ざっさい》 三百匹《さんびゃっぴき》
交広《こうこう》より鮭珍《けいちん》を市《か》ふ
従 人四《じゅうにんし》五百《ごひゃく》
鬱鬱《うつうつ》として郡門《ぐんもん》に登《いた》る
阿母《あぼ》阿女《あじょ》に謂《い》ふ
適《たま》たま府君《ふくん》の書《しょ》を得《え》たり
明日《みょうにち》来《き》たりて汝《なんじ》を迎《むか》へんと
何《なん》ぞ衣裳《いしょう》を作《つく》らざる
事《こと》をして挙《あが》らざらしむる莫《なか》れと
阿《あ》女黙《じょもく》して声無《こえな》し

手巾掩レ口啼。
涙落便如レ瀉・
移二我瑠璃榻一
出置二前牕下一・
左手持二刀尺一
右手執二綾羅一
朝成二繡裌裙一
晩成二単羅衫一
晻晻日欲レ瞑
愁思出レ門啼。

手巾《しゆきん》もて口《くち》を掩《おお》ひて啼《な》き
涙《なみだ》落《お》ちて便《すなわ》ち瀉《そそ》ぐが如《ごと》し
我《わ》が瑠璃《るり》の榻《とう》を移《うつ》し
出《いだ》して前牕《ぜんそう》の下《もと》に置《お》く
左《さ》手《しゆ》に刀尺《とうしやく》を持《も》ち
右《う》手《しゆ》に綾羅《りようら》を執《と》る
朝《あした》に繡裌裙《しゆうきようくん》を成《な》し
晩《ゆうべ》に単羅衫《たんらしん》を成《な》す
晻晻《えんえん》として日《ひ》瞑《く》れなんと欲《ほつ》す
愁思《しゆうし》して門《もん》を出《い》でて啼《な》く

○諾諾…他人の言葉に逆らわない様子。○爾爾…応答の言葉。○六合…吉祥を司る星のこととされるが未詳。○絡繹…人や馬などがひっきりなしに通るさま。○婀娜…しなやかに揺れるさま。○躑躅…前に進まない様子。○流蘇…車や馬につける、色つきのふさのついた飾り。○交広…現在のベトナム北部と広州のあたり。○鮭珍…ここでは、魚菜などの総称。○鬱鬱…樹木の茂るさま。ここでは、人がたくさん集まるさま。　○羅衫…うすぎぬの上着。

仲人は椅子から下りて、「はい、はい、左様でございますね」と言って去った。役所に戻って太守に、「ご下命の通り話して参りました、ご縁がまとまりそうです」と申し上げる。太守はこれを聞いて心中たいそう喜び、暦や書物で婚礼によい日取りを調べ、「今月のうちがよい、星回りがぴたりと合う。三十日が上吉で、今日はもう二十七日だ、そなたは行って婚礼を成立させてくれ」と言う。両家の間で婚約が整い、すぐに婚礼の準備をすることとなった。多くの人や馬がひっきりなしに行き交うさまは、まるで雲のようである。青い雀や白い鵠をかたどった舟の四隅には龍の旗がしなやかにはためき、金の車には玉を鏤めた輪がついている。ゆっくり進む青毛の馬にはふさのついた五色の飾りが金を鏤めた鞍についている。持参金の銭は三百万、すべて中に青い糸を通して束にしてある。色とりどりの綾絹が三百疋、交広地方から集めた珍しい魚菜。従者や侍女が四、五百人、おおぜい郡の役所にやってきた。母は娘に言う。「ちょうど今太守さまの手紙が届いた。明日おまえを迎えに来るそうだ。どうして衣装を作らないのか。この縁組みを台無しにしないでおくれ」。娘は黙ってハンカチで口を覆って泣き、涙は注ぐように流れる。瑠璃の椅子を動かし、窓の前に置く。左手に刀と物指しを持ち、右手に綾絹を持つ。朝、刺繍のついたあわせのスカートを作り、晩にひとえのうすぎぬの上着を作る。日はだんだんと暗くなり、娘は悲しみに沈んで門を出て泣く。

◆第八の場面。婚礼の準備が急遽かつ盛大にとり行われる様子がいかにも物語的で面白い。

府吏聞二此変一　　府吏《ふりこ》此の変《へん》を聞《き》き

因求レ仮暫帰◎　　因《よ》りて仮《か》を求《もと》めて暫《しばら》く帰《かえ》る

未レ至二三里
摧蔵馬悲哀◎
新婦識二馬声一
躡レ履相逢迎◎
悵然遥相望
知是故人来◎
挙レ手拍二馬鞍一
嗟歎使二心傷△一
自二君別一レ我後
人事不レ可レ量△
果不レ如二先願一
又非二君所一レ詳△
我有二親父母一
逼迫兼二弟兄△一

未《いま》だ至《いた》らざること二《に》三里《さんり》
摧蔵《さいぞう》して馬《うま》悲哀《ひあい》す
新婦《しんぷ》 馬《ば》声《せい》を識《し》り
履《くつ》を躡《ふ》んで相逢迎《あいほうげい》す
悵然《ちょうぜん》として遥《はるか》に相望《あいのぞ》むに
知《し》る是《こ》れ故人《こじん》の来《きた》るなり
手《て》を挙《あ》げて馬鞍《ばあん》を拍《う》ち
嗟歎《さたん》して心《こころ》を傷《いた》ましむ
君《きみ》の我《われ》に別《わか》れしより後《のち》
人事《じんじ》は量《はか》るべからず
果《はた》して先《さき》に願《ねが》ひし如《ごと》くならず
又君《またきみ》が詳《つまびらか》 にする所《ところ》に非《あら》ず
我《われ》に親父《しんふ》母《ぼ》有り
逼迫《ひょくはく》するに弟兄《ていけい》を兼《か》ぬ

以レ我応二他人一
君還何所レ望
府吏謂二新婦一
賀三卿得二高遷一
磐石方且厚
可三以卒二千年一
蒲葦一時紉
便作二旦夕間一
卿当二日勝貴一
吾独向二黄泉一
新婦謂二府吏一
何意出二此言一
同是被二逼迫一
君爾妾亦然

我《われ》を以《もつ》て他人《たにん》に応《おう》ぜしむ
君還《きみかえ》るも何《なに》の望《のぞ》む所《ところ》ぞと
府吏《ふり》新婦《しんぷ》に謂《い》ふ
卿《けい》が高遷《こうせん》を得《え》るを賀《が》す
磐石《ばんじやく》は方《ほう》にして且《か》つ厚《あつ》し
以《もつ》て千年《せんねん》を卒《お》ふべし
蒲葦《ほい》は一時《いちじ》の紉《じん》のみ
便《すなわ》ち旦夕《たんせき》の間《かん》を作《な》す
卿《けい》は当《まさ》に日《ひ》に勝《まさ》りて貴《とうと》かるべし
吾《われ》は独《ひと》り黄泉《こうせん》に向《むか》はんと
新婦《しんぷ》 府吏《ふり》に謂《い》ふ
何《なに》の意《い》か此《こ》の言《げん》を出《いだ》す
同《おな》じく是《こ》れ逼迫《ひよくはく》せらる
君爾《きみしか》り 妾《しよう》亦《ま》た然《しか》り

黄泉下相見
勿レ違二今日言一。
執レ手分レ道去
各各還二家門一。
生人作二死別一
恨恨那可レ論。
念与二世間一辞
千万不二復全一。

黄泉《こうせん》の下《もと》 相見《あいまみ》えん
今日《こんにち》の言《げん》に違《たが》ふこと勿《なか》れと
手《て》を執《と》つて道《みち》を分《わか》つて去《さ》り
各各《おのおの》家《か》門《もん》に還《かえ》る
生人《せいじん》死《し》別《べつ》を作《な》す
恨恨《こんこん》那《なん》ぞ論《ろん》ずべけん
念《おも》ふ世《せ》間《けん》と辞《じ》し
千万《せんまん》復《ま》た全《まった》からざるを

○摧蔵…「蔵」は「臓」に通じる。内蔵を砕くほど疲れたさま。○逼迫…圧力をかけて促す。○恨恨…恨み、悲しみの尽きないさま。

府吏はこの突然の変事を聞きつけ、そのために休暇を取って役所から帰ってきた。もう二、三里というところで、馬が疲れて悲しくいななないた。妻は馬の声を聞きつけて、くつを踏んで迎えに出た。恨めしげに遠くを眺めると、懐かしい夫が来たことがわかった。夫は手を挙げて合図し、馬の鞍を打って走り、ため息をついて悲しんだ。妻は言う。「あなたとお別れした後、人事は予想外の方向に進みました。やはり元々の希望の通りにはいかず、それをあなたに細かにご説明してもわかりますまい。私には肉親の父母がおり、加えて兄弟が私を責め立てます。私を他の人と結婚させようとしており、あなたがこちらに戻られても望みはありません」。府吏は言う。「そなたの出世をお祝いするよ。私の心は大きな石の四角く厚いように、千年も変わらないが、そなたの心は蒲や葦のようなもので、その丈夫さなどつかの間のものだったのだ。そなたは日ごとに高貴な身分になるだろう、私は一人であの世の黄泉に行くとしよう」。妻は府吏に言う。「なぜそのようにおっしゃるのです、同じように家族に責め立てられてやむを得ずにこうしたのですよ。あなたも、私もです。黄泉の下でまたお会いしましょう。今日の約束に背かないで下さい」。二人は手を握って別れ、それぞれの家に帰った。生きながら死に別れをするのだ、恨み悲しみは言葉で言い尽くせない。この世の人々に背を向け、永遠に命を捨てるのだという思いが胸に迫る。

◆第九の場面。夫が、第五の場面で用いた石や植物の比喩を用いて妻に皮肉を言う所が見所である。

府吏還レ家去　　府吏《ふり》家《いえ》に還《かえ》り去《さ》り
上レ堂拝二阿母一　　堂《どう》に上《のぼ》つて阿母《あぼ》を拝《はい》す
今日大風寒□　　今日《こんにち》大《おお》いに風寒《かぜさむ》し
寒風摧二樹木一　　寒風樹木《かんぷうじゅもく》を摧《くだ》き
厳霜結二庭蘭□一　　厳霜庭蘭《げんそうていらん》に結《むす》ぶ
児今日冥冥　　児《じ》は今日冥冥《こんにちめいめい》たり

令母在後単
故作不良計
勿復怨鬼神
命如南山石
四体康且直
阿母得聞之
零涙応声落
汝是大家子
仕宦於台閣
慎勿為婦死
貴賤情何薄
東家有賢女
窈窕艶城郭
阿母為汝求

母《はは》をして後単《こうたん》に在《あ》らしむ
故《ことさら》に不良《ふりょう》の計《けい》を作《な》す
復《ま》た鬼神《きしん》を怨《うら》むこと勿《なか》れ
命《いのち》は南山《なんざん》の石《いし》の如《ごと》く
四体《したい》康《やす》くして且《か》つ直《ちょく》なれと
阿母《あぼ》之《これ》を聞《き》くことを得《え》て
零涙声《れいるいこえ》に応《おう》じて落《お》つ
汝《なんじ》は是《こ》れ大家《たいか》の子《こ》なり
台閣《だいかく》に仕宦《しかん》せり
慎《つつし》んで婦《ふ》の為《ため》に死《し》すること勿《なか》れ
貴《き》賤情《せんじょう》 何《なん》ぞ薄《うす》きや
東家《とうか》に賢女《けんじょ》有《あ》り
窈窕《ようちょう》として城郭《じょうかく》に艶《えん》なり
阿母《あぼ》汝《なんじ》が為《ため》に求《もと》めん

便復在二旦夕一
府吏再拝還
長二歎空房中一
作レ計乃爾立
転レ頭向二戸裏一
漸見二愁煎迫一
其日牛馬断
新婦入二青廬一
奄奄黄昏後
寂寂人定初
我命絶二今日一
魂去尸長留
攬レ裙脱二糸履一
挙レ身赴二清池一

便《すなわ》ち復《ま》た旦夕《たんせき》に在《あ》りと
府吏《ふり》再拝《さいはい》して還《かえ》り
空房《くうぼう》の中《なか》に長歎《ちょうたん》し
計《けい》を作《な》して乃《すなわ》ち爾《しか》く立《た》つ
頭《こうべ》を転《てん》じて戸裏《こり》に向《むか》ひ
漸《ようや》く愁《うれい》の煎迫《せんぱく》するを見《み》る
其《そ》の日《ひ》牛馬《ぎゅうば》断《いなな》き
新婦《しんぷ》は青廬《せいろ》に入《い》る
奄奄《えんえん》たる黄昏《こうこん》の後《のち》
寂寂《せきせき》として人定《ひとさだ》まるの初《はじ》め
我《わ》が命《めい》は今日《こんにち》に絶《た》え
魂《こん》去《さ》りて尸《し》のみ長《なが》く留《とど》まらん
裙《くん》を攬《と》りて糸履《しり》を脱《だつ》し
身《み》を挙《あ》げて清池《せいち》に赴《おもむ》く

府吏聞㆓此事㆒
心知㆓長別離㆒
徘徊庭樹下
自掛㆓東南枝㆒

府吏《ふり》 此《こ》の事《こと》を聞《き》き
心《こころ》に長《ちょう》 別離《べつり》を知《し》り
徘徊《はいかい》す 庭樹《ていじゅ》の下《もと》
自《みずか》ら東南《とうなん》の枝《えだ》に掛《かか》る

〇冥冥…暗いさま。ここでは、死をさす。〇鬼神…先祖の霊。〇仕宦於台閣…大臣に任官すること。府吏の現在の身分とは合わないので、ここでは、先祖などのことと取る。〇貴賤情何薄…府吏の所から出て行った直後に太守の家と縁組みすることに対する批判。〇煎迫…苦痛が迫って来る。〇青廬…青い幕を張った控えの場所。北方では、新婦は結婚前にここに入るという。〇奄奄…暗いさま。〇東南枝…蘭芝の家が府吏の家の東南にあった等の理由で東南の側で首を吊ったと思われる。

府吏は家に帰り、座敷に上がり母を拝して言う。「今日はたいそう風が寒いですね。寒風が樹を砕き、霜がびっしりと庭の蘭に降りています。私は今日あの世に参り、母上を後に一人残します。敢えて親不孝の行為を致しますが、どうかご先祖の霊を怨まないで下さい。母上のご寿命は南山の石のごとく長くありますように、母上の手足は健康でまっすぐでありますように」。母はこれを聞き、泣きながら話す。「おまえは大家の子、ご先祖に大臣となった方もいる家柄の者だ。女のために死んで何とする、あの嫁は出て行ったと思ったら太守の家と縁組みするとは何と情け知らずな女よ。東の家に良い娘御がいる、しとやかでこの町一番の器量良し。この母がおまえのためにもらってやろう、今日すぐにでも」。府吏はもう一度母を拝して帰り、妻のいない部屋で長いため息をつき、自殺の覚悟を決めて立ち上がる。頭を巡らせて戸口を見、いよいよ死ぬのだと思えば、悲しみが心を焦がすように迫ってくる。その日、牛や馬は悲しくいななき、妻は新婦の控え室である青廬に入った。だんだんと日は暮れ、人々も寝静まって静かになった頃、「私の命は今日絶え、魂は去って屍だけがこの世に残るのだ」と思う。スカートのすそをつまんで絹のくつを脱ぎ、澄んだ水の張った池に身を投げた。府吏は妻の入水自殺の知らせを聞き、長の別れの時を悟り、あちこち歩いて樹の下を振り返り、東南の枝に首を吊った。

◆第十の場面。府吏と妻が自殺する場面。冷たい風や霜、動物の悲しい鳴き声などすべてが悲劇を暗示する。

両家求二合葬一
合二葬華山傍一
東西植二松柏一
左右種二梧桐一
枝枝相覆蓋
葉葉相交通
中有二双飛鳥一
自名為二鴛鴦一
仰レ頭相向鳴

両家《りょうけ》合葬《がっそう》を求《もと》め
華山《かざん》の傍《かたわら》に合葬《がっそう》す
東西《とうざい》に松柏《しょうはく》を植《う》ゑ
左右《さゆう》に梧桐《ごとう》を種《う》う
枝枝《しし》相覆蓋《あいふくがい》し
葉葉相交通《ようようあいこうつう》す
中《なか》に双飛鳥《そうひちょう》有《あ》り
自《おのずか》ら名《な》づけて鴛鴦《えんおう》と為《な》す
頭《こうべ》を仰《あお》いで相向《あいむか》つて鳴《な》き

夜夜達㆓五更㆒。
行人駐㆑足聴。
寡婦起彷徨。
多謝後世人
戒㆑之慎勿㆑忘。

夜夜《やや》五更《ごこう》に達《たっ》す
行人《こうじん》足《あし》を駐《とど》めて聴《き》き
寡婦《かふ》起《た》つて彷徨《ほうこう》す
多謝《たしゃ》す後世《こうせい》の人《ひと》
之《これ》を戒《いまし》め慎《つつ》しんで忘《わす》るる勿《なか》れ

○合葬…夫婦を同じ穴に葬ること。○華山…崋山はふつう今の陝西省にある華山をさすが、盧江とは地理的に合わない。ここでは、盧江の辺りの華山をさすと取る。○五更…夜明けの直前。

焦家と劉家は二人の合葬を希望し、華山の側に葬った。東と西には松と柏を植え、左と右にはあおぎりを植えた。枝と枝とが交差して二人の墓を覆い、葉と葉とが交差している。その中に二匹の鳥がおり、名を鴛鴦と言う。互いに顔を向け合い、毎晩夜明け近くまで鳴き続ける。その悲しい声に、旅人は歩みを止めて聞き入り、やもめの女は起き上がってさまよう。後世の人々よ、この話を教訓にして嫁いびりをしないようにしてほしい。

◆第十一の場面。死後も夫婦の愛情が深いことを、枝や葉が重なり合うことや、つがいの鳥の類似により強調する。

梁甫吟

歩出二斉城門一
遥望二蕩陰里・一
里中有二三墳一
累累正相似・
問是誰家墓
田疆古冶子・
力能排二南山一
又能絶二地紀・一
一朝被二讒言一
二桃殺二三士・一

梁甫《りょうほ》吟《ぎん》

無名氏《むめいし》（相和歌辞《そうわかじ》・楚調曲《そちょうきょく》）

歩《ほ》して斉《せい》の城門《じょうもん》を出《い》で
遥《はる》かに蕩陰里《とういんり》を望《のぞ》む
里中《りちゅう》に三墳《さんぷん》有《あ》り
累累《るいるい》として正《まさ》に相似《あいに》たり
問《と》ふ 是《こ》れ誰《た》が家《いえ》の墓《はか》ぞ
田疆《でんきょう》 古冶子《こやし》
力《ちから》は能《よ》く南山《なんざん》を排《はい》し
又《また》能《よ》く地紀《ちき》を絶《た》つ
一朝《いっちょう》 讒言《ざんげん》を被《こうむ》り
二桃《にとう》 三士《さんし》を殺《ころ》す

誰能為二此謀一
国相斉晏子。

誰《たれ》か能《よ》く此《こ》の謀《はかりごと》を為《な》す
国相《こくしょう》斉《せい》の晏子《あんし》なり

○梁甫吟…楽府題。「梁甫」は山の名。泰山（山東省）の麓にある。この詩は諸葛孔明が愛誦したという。○斉…国の名。周の太公望呂尚の建てた国。現在の山東省一帯がその領土で、古城は臨淄県（今は淄博市）にあった。○蕩陰里…斉城付近の里の名。○累累…連なっているさま。○田疆古冶子…田開疆と古冶子。斉の景公に仕えた勇士。○南山…斉城南方の山。○又能…「又」は一に「文」に作る。○地紀…大地をつなぎとめる大綱。○三士…田開疆、古冶子と公孫接《こうそんしょう》。○晏子…春秋時代の斉の人、晏嬰。字は平仲。景公を輔けて、名宰相と称された。

斉の城門を歩み出て、遥かに蕩陰里を望み見ると、里中には三つの墳墓があり、似たような形で連なっている。誰の墓かと問えば、田開疆、古冶子らのだという。彼らの力は南山をもおしのけ、また天地をつなぐ大綱をも絶ち切るほどであった。だが、一たび讒言にあい、二つの桃でこの三士は殺されてしまった。いったい誰がこのような計略をめぐらしたのか、ほかでもない斉の宰相晏子であった。

❖晏子に対して礼を欠いていた三士を、晏子は景公に讒言し、三士を処分するお墨付きをもらう。晏子は二つの桃を三士に与え、功の多き者が食べよという。先に公孫接と田開疆が桃をとるが、古冶子に返せと迫られた二人は、自分たちが古冶子に劣ることを認め、桃を返して自害する。ついで古冶子も自分だけが生きるのは恥と桃を返して死ぬ。

この詩は表向きは三人の勇士を悼むものだが、主題は最後の二句にある。つまり、力ばかり強くて無礼な三人をたった二つの桃で殺した智恵者は誰か、それは斉の宰相晏子だ、というのである。実は晏子の智力を讃える詩である。諸葛孔明は、ひそかに自分を晏子に比していたがゆえに、この歌を愛誦したのであろう。

魏

豆（七歩詩）

短歌行

対㆑酒当㆑歌○
人生幾何○
譬如㆓朝露㆒
去日苦多○
慨当㆓以慷△㆒
憂思難㆑忘△
何以解㆑憂
唯有㆓杜康△㆒
青青子衿□
悠悠我心□

短歌《たんか》行《こう》

酒《さけ》に対《たい》しては当《まさ》に歌《うた》ふべし
人生《じんせい》 幾何《いくばく》ぞ
譬《たと》へば朝露《ちようろ》の如《ごと》し
去日《きよじつ》 苦《はなは》だ多《おお》し
慨《がい》して当《まさ》に以《もつ》て慷《こう》すべし
憂思《ゆうし》 忘《わす》れ難《がた》し
何《なに》を以《もつ》てか憂《うれい》を解《と》かん
唯《た》だ杜康《とこう》有《あ》るのみ
青青《せいせい》たり子《し》が衿《えり》
悠悠《ゆうゆう》たり我《わ》が心《こころ》

武《ぶ》 帝《てい》〔曹操〕（魏）

但為レ君故
沈吟至レ今
呦呦鹿鳴
食二野之苹一
我有二嘉賓一
鼓レ瑟吹レ笙
明明如レ月
何時可レ掇
憂従レ中来
不レ可二断絶一
越レ陌度レ阡
枉用相存
契闊談讌
心念二旧恩一

但《た》だ君《きみ》が為《ため》の故《ゆえ》に
沈吟《ちんぎん》して今《いま》に至《いた》る
呦呦《ゆうゆう》として鹿《しか》は鳴《な》き
野《の》の苹《よもぎ》を食《くら》ふ
我《われ》に嘉賓《かひん》有《あ》らば
瑟《しつ》を鼓《こ》し 笙《しょう》を吹《ふ》かん
明明《めいめい》 月《つき》の如《ごと》きも
何《いず》れの時《とき》にか掇《と》るべけん
憂《うれい》は中《うち》より来《きた》りて
断絶《だんぜつ》すべからず
陌《はく》を越《こ》え阡《せん》を度《わた》り
枉《ま》げて用《もっ》て相存《あいそん》せば
契闊《けつかつ》して談讌《だんえん》し
心《こころ》 旧恩《きゅうおん》を念《おも》ふ

月明星稀
烏鵲南飛
繞レ樹三匝
何枝可レ依
山不レ厭レ高
海不レ厭レ深
周公吐レ哺
天下帰レ心

月明《つきあき》らかに星稀《ほしまれ》にして
烏鵲《うじやく》南《みなみ》に飛《と》ぶ
樹《き》を繞《めぐ》ること三匝《さんそう》
何《いず》れの枝《えだ》にか依《よ》るべき
山《やま》高《たか》きを厭《いと》はず
海《うみ》深《ふか》きを厭《いと》はず
周公《しゆうこう》哺《ほ》を吐《は》き
天下《てんか》心《こころ》を帰《き》す

○人生幾何…人生はどれほどか、長くはない。○譬如朝露…「朝露」は朝日に消えるもので、はかないことのたとえ。「古詩十九首」其十三に「年命 朝露のごとし」とある。○去日…過去の日々。○慨当以慷…慷慨の語を分かったもの。嘆き傷まずにはおれない。○何以解憂…何《なに》で憂いを解消しようか。○杜康…古代の酒造りの名人の名。酒をいう。○青青子衿、悠悠我心…二句とも、『詩経』鄭風・子衿をそのまま用いている。「青青」は色の青いさま。青い衿《えり》は古の学生がつけた。「悠悠」は憂思のつきないさま。○沈吟…深くものを思う。ここでは、賢才を得たいと思う。「古詩十九首」其十二に「沈吟して聊か躑躅す」とある。○呦呦鹿鳴以下四句…『詩経』小雅・鹿鳴の句をそのまま用いた。「呦呦」は鹿の鳴き声（友を呼ぶ声）。「苹」

はよもぎ。「嘉賓」は立派な客。「瑟」は琴に似た弦楽器。「笙」は笛の一種。客を招いてもてなすこと。○明明如月、何時可掇…「掇」は、手で拾いとる、『五臣注文選』は「輟」（とどめる）と作る。賢才の得がたいことを月が手に取り難いことにたとえた。○越陌度阡、枉用相存…「陌」は東西、「阡」は南北に通ずる小路。「相存」は訪問の意。○契闊談讌…「契闊」は勤苦する意。努力する。「談讌」は酒を飲み語り合う。○月明星稀…英雄（月）が出現して群少（星）の勢いが衰えたことをたとえた。○烏鵲…かささぎ。才能ある旅人のたとえ。この句は小群雄が南へ逃れたことをさす。○三匝…三めぐり。三回り。○山不厭高、海不厭深…『管子』形勢解に「海は水を辞せず、故に能く其の大を成す。山は土を辞せず、故に能く其の高きを成す」とあるのに基づく。○周公吐哺…古の聖人周公旦が、天下の士を集めるのに熱心で、一回の食事の間に三たびも口の中の食をはき出すほど、士と面会した故事。「哺」は口中の食物。

酒を飲んでは大いに歌うべきだ。人の寿命は一体どれほどあるのだ。たとえていえば朝露のようにはかないもの、過ぎ去った日々ばかり多い。それを思えば嘆かずにはいられず、この憂いはなかなか忘れられない。この憂いは何で解消すべきだろうか、ただ酒だけが憂いを消してくれるのだ。若い才能ある人々を、私ははるかに思いつづけてきた。ただ君のような人を求めたいために、私は物思いにふけって今に至っている。ゆうゆうと鹿は鳴いて友を呼び、野原のよもぎを食っている。私に立派な客人があれば、琴をひき、笙を吹いて歓迎しよう。きらきらと月の光のように輝いている人を、いったいいつになったら採用できるだろう。これを思うと、憂いが心中より起こり、たちきることができない。東西の道を越え、南北の道を渡って、わざわざ私を訪ねてくれたら、心をこめて歓待し、酒宴を開いて談笑し、昔のよしみをいつまでも忘れまいと思う。月が明るく輝いて星影がうすれるころ、鵲《かささぎ》は南を指して飛んでゆく、高い木のまわりを三度も巡り、止まるべき枝をさがしている。山は土がいくら集まって高くなっても厭わないし、海は水がいくら集まって深くなっても厭わない。かの周公は、一食に三回も食べかけの物を吐き出す熱心さで賢才に面接し、採用したからこそ、天下の人々の心が彼につき従ったのである。

◆戦場でも書物を離さなかったという曹操の作品。四句ごとに韻が変わり、それがひとまとまりになっている。すべて八段落からできている楽府。「短歌」の名は、一句が四言と字数の少ないことに拠るという説と、人生の短さを主題にすることに拠るとの両説がある。人材を求めることに並々ならぬ情熱を傾ける曹操の執念がうかがえる作品でもある。なお、「月明星稀　烏鵲南飛」の二句は、蘇東坡の「赤壁賦」にも引用されている。

苦寒行《くかんこう》　武《ぶ》帝《てい》〔曹操〕（魏）

北《きた》のかた太行山《たいこうざん》に上《のぼ》らんとす
艱《かた》いかな　何《なん》ぞ巍巍《ぎぎ》たる
羊腸坂《ようちょうさか》は詰屈《きっくつ》して
車輪《しゃりん》　之《これ》が為《ため》に摧《くだ》かれんとす
樹木《じゅもく》　何《なん》ぞ蕭瑟《しょうしつ》たる

苦寒行

北上㆓太行山㆒
艱哉何巍巍。
羊腸坂詰屈
車輪為㆑之摧。
樹木何蕭瑟

北風声正悲。
熊羆対レ我蹲
虎豹夾レ路啼。
谿谷少二人民一
雪落何霏霏。
延レ頸長歎息
遠行多レ所レ懐。
我心何怫鬱
思二-欲一東帰一。
水深橋梁絶
中路正徘徊。
迷惑失二故路一
薄暮無二宿棲一。
行行日已遠

北風《ほくふう》 声《こえ》正《まさ》に悲《かな》し
熊羆《ゆうひ》 我《われ》に対《たい》して蹲《うずくま》り
虎《こ》豹《ひょう》 路《みち》を夾《はさ》みて啼《な》く
谿谷《けいこく》に人民《じんみん》少《すくな》く
雪《ゆき》落《お》ちて何《なん》ぞ霏霏《ひひ》たる
頸《くび》を延《の》べて長歎息《ちょうたんそく》し
遠行《えんこう》して懐《おも》ふ所《ところ》 多《おお》し
我《わ》が心《こころ》 何《なん》ぞ怫鬱《ふつうつ》たる
一《ひと》へに東《ひがし》に帰《かえ》らんと思欲《しよく》す
水深《みずふか》くして橋梁《きょうりょう》 絶《た》え
中路《ちゅうろ》にして正《まさ》に徘徊《はいかい》す
迷惑《めいわく》して故路《ころ》を失《うしな》ひ
薄暮《はくぼ》に宿棲《しゅくせい》するところ無《な》し
行《ゆ》き行《ゆ》きて日《ひ》已《すで》に遠《とお》く

人馬同時饑。
担レ囊行取レ薪
斧レ氷持作レ糜。
悲二彼東山詩一
悠悠使二我哀一。

人馬《じんば》同時《どうじ》に饑《う》う
囊《ふくろ》を担《にな》ひて行《ゆ》きて薪《たきぎ》を取《と》り
氷《こおり》を斧《き》りて持《も》つて糜《かゆ》を作《つく》る
彼《か》の東山《とうざん》の詩《し》を悲《かな》しみ
悠悠《ゆうゆう》として我《われ》をして哀《かな》しましむ

○太行山…現在の山西省の東南境を走る山。古来険しさをもって称せらる。○羊腸坂詰屈…「羊腸」は坂の名。山西省太原県晋陽の北に在る。羊の腸のように曲がりくねっているので、この名がある。太行山中の難所。「詰屈」は、まがりくねる意味。○蕭瑟…ものさびしい様子。○霏霏…雪が繁く降る様子。『詩経』小雅・采薇に「雪を雨らして霏霏たり」とある。○怫鬱…憂いに沈んで心がふさがるさま。○東帰…故郷（鄴城をさす）へ帰ること。○迷惑失故路…「迷惑」は道に迷う。「故路」は来た道。○薄暮無宿棲…「薄暮」は日暮れ。揚雄の「琴情英」に「道に当たりて独り居り、暮るるも宿る所無し」とある。○行行日已遠…「古詩十九首」其一に、「行行重行行」「相去日已遠」の各句がある。○担囊…『荘子』胠篋に「囊を担ひて趨る」とある。○斧氷…斧で氷を割ること。○東山詩…『詩経』豳風・東山詩のこと。この詩は、周公東征し、三年して帰り、士を慰労したのをたたえて、時の大夫が作ったといわれるが、「我東山に徂《ゆ》き、滔滔として帰らず」の句で知られるように、遠くへやられてなかなか故郷に帰れないことを嘆いた章がある。

北の方、太行山を登ろうとしたが、道はまことに険しくて山ははなはだ高くそびえている。羊腸坂はその名の通りまがりくねっていて、そのために車輪もくだけそうである。まわりの木々はとてももの寂しくて、北風は悲しさを増すようにヒューヒュー吹き荒れる。時には大熊や羆《ひぐま》がうずくまっているのに出くわし、また、虎や豹のたけだけしい声も道の両側から聞こえたりもする。谷あいは、住む人も、往きかう人も少なく、ただ雪がひどく降りしきっている。首を伸ばしてふりかえってもと来た方をながめると、深いため息が出る。はるばる遠征して来たから、あれこれ思い悩むことが多いのだ。私の心は何とふさがっているのだろう。一途に故郷へ帰りたいと切望している。だが、川の水は深くて、橋はこわれてしまって渡るすべもないから、旅の途中でウロウロするばかり。道に迷って、もと来た道もわからなくなり、日が暮れたけれど仮寝する所すらない。毎日毎日旅をしてずいぶん日を過ごしてしまったので、人も馬も飢えはてた。袋をかついで薪を取りに奔走し、斧で氷をわってその水でかゆを作り、かろうじて飢えと寒さをしのぐ。かの東山の詩をうたった詩人の心に思いを寄せて悲しみ、限りない我が身の哀れさに浸りつづける。

◆『芸文類聚』と『楽府詩集』巻三十三、相和歌・清調曲は魏文帝（曹丕）の作としている。『宋書』楽志は魏武帝の北上篇と名づけている。何焯は建安十一年（二〇六）高幹を討つ時の作、といっている。

四句一解、すべて六解からなる楽府。寒さの中、難所の太行山中を行軍するさまである。難儀なさまをいろいろに誇張して述べるところが、見どころの一つ。七・八句目、熊羆と虎豹の対句は、結局、「恐ろしいけものも襲ってくる」ということを二句繰り返している。対句としては原初的、素朴な構成である。こういう対句を「合掌対《がっしょうつい》」という（左右の手のひらはどちらも同じ形をしている）。

雑詩

遠送二新行客一
歳暮乃来帰。
入レ門望二愛子一
妻妾向レ人悲。
聞二子不一レ可レ見
日已潜二光輝一。
孤墳在二西北一
常念二君来遅一。
褰レ裳上二墟丘一
但見二蒿与一レ薇。

雑《ざっ》詩《し》

孔《こう》融《ゆう》（後漢）

遠《とお》く新行《しんこう》の客《かく》を送《おく》り
歳暮《さいぼ》乃《すなわ》ち来《きた》り帰《かえ》る
門《もん》に入《い》りて愛子《あいし》を望《のぞ》むに
妻妾《さいしょう》は人《ひと》に向《むか》ひて悲《かな》しむ
子《こ》の見《み》るべからざるを聞《き》き
日《ひ》は已《すで》に光輝《こうき》を潜《ひそ》む
孤墳《こふん》は西北《せいほく》に在《あ》り
常《つね》に君《きみ》の来《きた》ることの遅《おそ》きを念《おも》ふと
裳《もすそ》を褰《かか》げて墟丘《きょきゅう》に上《のぼ》るに
但《た》だ蒿《こう》と薇《び》とを見《み》るのみ

白骨帰㆓黄泉㆒
肌体乗㆑塵飛。
生時不㆑識㆑父
死後知㆓我誰㆒。
孤魂遊㆓窮暮㆒
飄颻安所㆑依。
人生図㆓嗣息㆒
爾死我念追。
俛仰内傷㆑心
不㆑覚涙霑㆑衣。
人生自有㆑命
但恨㆓生日希㆒。

白骨《はくこつ》は黄泉《こうせん》に帰《き》し
肌体《きたい》は塵《ちり》に乗《じょう》じて飛《と》ぶ
生時《せいじ》に父《ちち》を識《し》らず
死後《しご》我《われ》の誰《たれ》なるかを知《し》らんや
孤魂窮暮《ここんきゅうぼ》に遊《あそ》び
飄颻《ひょうよう》として安《いずく》に依《よ》る所《ところ》ぞ
人生《じんせい》は嗣息《しそく》を図《はか》るに
爾死《なんじし》して我念《われおも》ひ追《お》ふ
俛仰《ふぎょう》して内《うち》に心《こころ》を傷《いた》ましめ
覚《おぼ》えず　涙《なみだ》は衣《ころも》を霑《うる》ほす
人生自《じんせいおのずか》ら命有《めいあ》り
但《た》だ生日《せいじつ》の希《まれ》なるを恨《うら》む

○新行客…新たに旅立つ人。○歳暮…歳の暮れ。○墟丘…荒れ果てた丘。○蒿…よもぎ。○薇…わらび。○窮暮…歳の暮れ。○飄颻…風にひるがえるさま。○嗣息…後継ぎの子。○念追…思い嘆く。○俛仰…「俯仰」と同じ。うつむいたり、あおむいたり。嘆く動作。○命…天命。

遠くまで新たに旅立つ人を見送り、歳の暮れにようやく帰ってきた。門に入り、愛する子を見ようとしたが、妻や側室が私に向かって嘆き悲しむ。子供にはもう会えないと聞き、太陽が光をなくしたように目の前が真っ暗になった。「墓は一つポツンと西北の方にあります。ずっとあなたのお帰りを待ちわびていました」。裳《もすそ》をからげて荒れた丘に登ってみると、ただよもぎとわらびが生えているだけ、白骨は黄泉の国へ帰り、肉体は塵とともに飛び散ってしまった。おまえは生まれた時、私が不在であったから私を見知らない。だから死後、私を誰なのか知るはずもなく、おまえの魂は独り寂しく年の暮れにさまよい、風に吹かれてふらふらと落ち着く所もなかろう。人は自分の後継ぎを得ようと思うが、その後継ぎのおまえが死んで私の思いは極まる。うつむいたり天を仰いだりしては心が傷み、知らぬ間に涙がこぼれて衣をぬらす。人の一生は天命によって限りがあるが、しかし、この世に生きた日のなんと短かったことか、それが口惜しい。

◆生まれた我が子を早く見たいと息せききって帰って来たのであろう。家に入ると、妻の泣き声が聞こえるばかり。一目見ることもなく子を失った親は虚脱状態に陥る。幸薄く命短い我が子への哀惜が、飾り気ない筆致で描かれており、哀しみがそのまま伝わってくる。三世紀の初めにすでにこのような迫真的な作品がうたわれているのだ。孔融は、孔子二十世の孫、建安七子の一人だが、曹操に嫌われ、殺された。

飲馬長城窟行

飲レ馬長城窟
水寒傷二馬骨一
往謂二長城吏一
慎莫三稽留二太原卒一
官作自有レ程
挙レ築諧二汝声一
男児寧当二格闘死一
何能怫鬱築二長城一
長城何連連
連連三千里

飲馬《いんば》長城《ちょうじょう》窟行《くつこう》

陳《ちん》琳《りん》（魏）

馬《うま》に飲《みずか》ふ長城《ちょうじょう》の窟《いわや》
水寒《みずさむ》くして馬骨《ばこつ》を傷《いた》ましむ
往《ゆ》きて長城《ちょうじょう》の吏《り》に謂《い》ふ
慎《つつし》んで太原《たいげん》の卒《そつ》を稽留《けいりゅう》する莫《なか》れ
官作《かんさく》自《おのずか》ら程《てい》有《あ》り
築《きね》を挙《あ》げて汝《なんじ》の声《こえ》を諧《ととの》へよ
男児《だんじ》は寧《むし》ろ当《まさ》に格闘《かくとう》して死《し》すべし
何《なん》ぞ能《よ》く怫鬱《ふつうつ》として長城《ちょうじょう》を築《きず》かん
長城《ちょうじょう》何《なん》ぞ連連《れんれん》たる
連連《れんれん》として三千里《さんぜんり》

辺城多二健少一
内舎多二寡婦一
作レ書与二内舎一
便嫁莫二留住一
善事二新姑嫜一
時時念二我故夫子一
報書往二辺地一
君今出レ語一何鄙
身在二禍難中一
何為稽二留他家子一
生レ男慎莫レ挙
生レ女哺用レ脯
君独不レ見長城下
死人骸骨相撑拄

辺城《へんじょう》に健少《けんしょう》 多《おお》く
内舎《ないしゃ》に寡婦《かふ》多《おお》し
書《しょ》を作《つく》りて内舎《ないしゃ》に与《あた》ふ
便《すなわ》ち嫁《か》して留《りゅう》 住《じゅう》する莫《なか》れ
善《よ》く新《あたら》しき姑嫜《こしょう》に事《つか》へ
時時《じじ》 我《わ》が故夫《こふ》の子《こ》を念《おも》へと
報書《ほうしょ》 辺地《へんち》に往《ゆ》く
君《きみ》 今《いま》語《ご》を出《いだ》すに一《いっ》に何《なん》ぞ鄙《いや》しき
身《み》 禍難《かなん》の中《うち》に在《あ》るに
何為《なんす》れぞ他家《たか》の子《こ》を稽留《けいりゅう》せんや
男《おとこ》を生《う》まば慎《つつし》んで挙《あ》ぐる莫《なか》れ
女《おんな》を生《う》まば哺《はぐく》むに脯《ほじし》を用《もっ》てせよ
君《きみ》独《ひと》り見《み》ずや長《ちょう》 城《じょう》の下《もと》
死人《しにん》の骸骨《がいこつ》 相撑拄《あいとうちゅう》するを

結髪行事レ君◎
慊慊心意関◎
明知辺地苦
賤妾何能久自全◎

結髪《けっぱつ》より行《ゆ》きて君《きみ》に事《つか》へ
慊慊《けんけん》として心意《しんい》に関《かん》す
明《あき》らかに知《し》る辺地《へんち》の苦《くる》しみ
賤妾《せんしょう》何《なん》ぞ能《よ》く久《ひさ》しく自《みずか》ら全《まった》うせん

○飲馬…馬に水を飲ませる。「飲」は水をやる意で、「みずかう」と読む。○稽留…つなぎとめる。○太原卒…太原（現在の山西省太原市のあたり）出身の役卒。○官作…公用の事業。○程…日程。期限。○築…きね。土をつき固める杵。○諧…そろえる。○格闘…武器を持って戦うこと。○怫鬱…気がふさぐさま。○連連…遠く連なり続くさま。○辺城…国境地方のとりで。○健少…強健で若い男。○内舎…女性の部屋。また、そこにいる人。妻。○寡婦…やもめ。ここでは、夫を旅に出している婦人をさす。○留住…とどまる。住みとどまる意。○姑嫜…しゅうとめとしゅうと。○故夫子…もとの夫の子。○挙…子供を取りあげる。育てる。○哺…はぐくむ。養う。○脯…干し肉。ほじし。○撐拄…ささえる。○結髪…髪を結う。女子の十五歳。○慊慊…あきたらないさま。満足せず、心が憂いにつつまれていること。○心意…こころ。○賤妾…わたし。女性の謙称。

万里の長城の岩穴で、馬に水を飲ませる。水の冷たさは馬の骨まで痛めるほど。万里の長城の役人の所へ行き訴えた、「どうか太原出身の兵卒をここに停めておかないで下さい」と。役人はいう、「役所の仕事には期限があるのだ。杵《きね》を持って声をそろえて働け」と。おれは言ってやった、「男は武器を手に戦ってこそ死ぬべきなのに、どうしてこんなところでくすぶって、長城を作らねばならないのだ」と。長城はなんと長く続いていることよ。延々三千里もある。辺境の町には強健な若者が多く、故郷の部屋には寡婦《やもめ》が多い。手紙を妻に書いて送った。「すぐ他家に嫁《とつ》ぎ、我が家に留まってはいけない。新しい舅《しゅうと》や姑《しゅうとめ》によく仕《つか》え、時にはもとの夫であるおれの子供を思いやってくれ」と。辺地に届いた返事には、「あなたのお言葉はなんと情けないのでしょう」と。「おれは危険な所にいる身の上、どうして他家の娘を我が家に引きとめておけようか。再婚したら、男の子は産んでも取りあげてはいけない。女の子ならよい物を食べさせて大切に育てよ。見るがいい、ここ長城の下には苦役で死んだ人の骸骨が互いに重なりあっているのを」。妻はいう、「大人になってあなたと結婚し、いつもあなたのことを心にかけている私は、辺地での苦しみはよくわかっています。どうしてあなたと別れてひとり生きていられましょうか」。

◆秦の始皇帝の時の、長城の苦役に駆りだされた兵卒の苦しみをうたう詩。それは、当時の混乱した世を嘆くものであろう。この作品は、同題の古辞（本巻一一七ページ）と違って題意に忠実である。妻を思いやって離婚を申し出る夫と、夫を思いやって離婚を拒む妻との愛情が細やかである。

七哀詩　　七哀《しちあい》の詩《し》　　王《おう》　粲《さん》（魏）

西京乱無ㇾ象　　西京《さいきょう》乱《みだ》れて象《みち》無《な》く

豺虎方遘レ患。
復棄二中国一去
遠レ身適二荊蛮一。
親戚対レ我悲
朋友相追攀。
出レ門無レ所レ見
白骨蔽二平原一。
路有二飢婦人一
抱レ子棄二草間一。
顧聞二号泣声一
揮レ涕独不レ還。
未レ知二身死処一
何能両相完。
駆レ馬棄レ之去

豺虎《さいこ》方《まさ》に患《わざわい》を遘《な》す
復《ま》た中国《ちゅうごく》を棄《す》てて去《さ》り
身《み》を遠《とお》ざけて荊蛮《けいばん》に適《ゆ》く
親戚《しんせき》我《われ》に対《むか》ひて悲《かな》しみ
朋友《ほうゆう》相《あい》追《お》ひて攀《すが》る
門《もん》を出《い》づれども見《み》る所《ところ》無《な》く
白骨平原《はくこつへいげん》を蔽《おお》ふ
路《みち》に飢《う》ゑたる婦人《ふじん》有《あ》り
子《こ》を抱《いだ》きて草間《そうかん》に棄《す》つ
顧《かえり》みて号泣《ごうきゅう》の声《こえ》を聞《き》くも
涕《なみだ》を揮《ふる》つて独《ひと》り還《かえ》らず
未《いま》だ身《み》の死《し》する処《ところ》を知《し》らず
何《なん》ぞ能《よ》く両《ふた》つながら相完《あいまった》からんと
馬《うま》を駆《か》つて之《これ》を棄《す》てて去《さ》る

不レ忍レ聴二此言一。
南登二覇陵岸一
廻レ首望二長安一。
悟二彼下泉人一
喟然傷二心肝一。

此《こ》の言《げん》を聴《き》くに忍《しの》びざればなり
南《みなみ》のかた覇陵《はりよう》の岸《きし》に登《のぼ》り
首《こうべ》を廻《めぐ》らして長安《ちようあん》を望《のぞ》む
彼《か》の下泉《かせん》の人《ひと》に悟《さと》り
喟然《きぜん》として心肝《しんかん》を傷《いた》ましむ

○七哀詩…哀しさをうたう詩、の意味であるが、「七」については解釈が分かれている（七つの哀しみとする説、七首の連作とする説等）。○西京…長安のこと。東京（洛陽）に対する言い方。○象…道のこと。○豺虎…山犬と虎。転じて、悪者のたとえ。この詩では、董卓の死後、覇権を求めて争った軍閥李傕と郭汜をさす。○中国…黄河中流域。いわゆる中原をいう。○荊蛮…荊州のこと。後の楚。当時、南方は蛮地と見なされた。作者は、乱を避けて、荊州の劉表のもとに行こうとした。○攀…車のかじ棒にすがりついて、引きとめる。○両…ふたりとも。○覇陵…前漢の文帝（在位前一七九～前一五七）の陵。○下泉人…「下泉」は『詩経』曹風にある篇名と黄泉の意と、二つをかさねてさす。ゆえに、苦しい生活の中で周代の善政を慕った「下泉」の作者と、覇陵に葬られている文帝をいう。○喟然…嘆息するさま。○心肝…心臓と肝臓。転じて、心のこと。

西の都長安は乱れて正道は失われ、狂暴な軍閥どもが荒し回っている。再び都をすて、荊州の蛮地へ落ちのびよう。別れに臨んで、親戚たちは私の顔を見て悲しみ、友人たちは追いかけてきて車にすがる。城門を出ても見るべきものは何もなく、白骨だけがごろごろと平原をおおっている。途中、飢えた女に出会った。女は抱いていた子供を草むらに捨て、ふりかえりつつ子供の泣き声を聞いたが、あふれる涙を手で拭うともう戻らなかった。「あたし一人の死に場所さえ知れないのに、どうして子供と二人生きていけよう……」。私は馬に鞭をあて急いでその場を離れた。女の言葉を聞くのに耐えられなかったからである。南の方にある覇陵の高台に登り、振り返って彼方の長安をながめた。善政を慕った「下泉」の作者の心がつくづくとわかり、哀しみのあまりため息をつくのであった。

◆孔融の「雑詩」と双璧の叙事詩の傑作である。ともに、唐の杜甫の〝社会詩〟（「三吏三別」など）の先駆をなすものである。後漢末の乱世を生々しい描写で再現してみせる。平原にころがる白骨、飢えた母親、泣き叫ぶ子供。涙ながらに子を捨てる母親を作者は凝視できない。三度も出てくる「棄」の字が「象《みち》」の行われない廃都を暗示している。

於玄武陂作

玄武陂《げんぶひ》に於《お》いて作《つく》る

文《ぶん》帝《てい》〔曹丕〕（魏）

兄弟共行遊
駆車出西城。
野田広開闢

兄弟《けいてい》 共《とも》に行遊《こうゆう》せんと
車《くるま》を駆《か》りて西城《せいじょう》を出《い》づれば
野田《やでん》 広《ひろ》く開闢《かいへき》し

川渠互相経。
黍稷何鬱鬱
流波激㆓悲声㆒。
菱芡覆㆓緑水㆒
芙蓉発㆓丹栄㆒。
柳垂重㆓蔭緑㆒
向㆑我池辺生。
乗㆑渚望㆓長洲㆒
群鳥讙譁鳴。
萍藻泛濫浮
澹澹随㆑風傾。
忘㆑憂共容与
暢㆓此千秋情㆒。

川渠《せんきよ》 互《たが》ひに相経《あいふ》る
黍稷《しよしよく》 何《なん》ぞ鬱鬱《うつうつ》たる
流波《りゆうは》 悲声《ひせい》を激《げき》し
菱芡《りようけん》 緑水《りよくすい》を覆《おお》ひ
芙蓉《ふよう》 丹栄《たんえい》を発《はつ》す
柳《やなぎ》は垂《た》れ蔭緑《いんりよく》に重《かさ》なり
我《われ》に向《むか》ひて池辺《ちへん》に生《しよう》ず
渚《なぎさ》に乗《の》り長洲《ちようしゆう》を望《のぞ》めば
群鳥《ぐんちよう》 讙譁《かんか》と鳴《な》く
萍藻《ひようそう》 泛濫《はんらん》に浮《うか》び
澹澹《たんたん》として風《かぜ》に随《したが》ひて傾《かたむ》く
憂《うれい》を忘《わす》れ共《とも》に容与《ようよ》し
此《ここ》に千秋《せんしゆう》の情《じよう》を暢《の》べん

○玄武陂…玄武池。建安十三年（二〇八）曹操が南方の呉との戦いに備え、水軍を演練するために作った池で、鄴城（河南省臨漳県）の西南にあった。「陂」は池の意。○開闢…ひろく広がる。開《ひら》ける。○川渠…川とみぞ。○黍稷何鬱鬱…「黍稷」はもちきびとうるちきび。「鬱鬱」は盛んに茂るさま。○菱芡…ひしとみずぶき。水草の一種。○丹栄…「丹」はあか色。「栄」は花が開く。赤い花。○長洲…「洲」は川の中の土がもり上がった所。中洲《なかす》。○讙譁…かまびすしい様子。○萍藻…うき草。○澹澹…水が動揺する様子。○容与…ゆったりとのびやかな様子。

兄弟そろって行楽しようと、車に乗って西の城門を出てみると、田野は広々と大きく開かれ、川や用水路は互いに交わり流れている。黍《もちきび》と稷《うるちきび》は豊かに生い茂り、せせらぎは嗚咽《おえつ》のよう。緑の水面を菱《ひし》や芡《みずぶき》がおおい、真っ赤な芙蓉が咲いている。緑濃い柳の枝が垂れ、池の辺で私を迎える。渚に立ち、長い中洲を望めば、むらがる鳥の声もかまびすしく、萍藻《うきくさ》は風の吹くままに波間にたゆたう。憂いを忘れ、共にのびやかな気持ちになって、ここに限りない喜びを詠う。

◆同じ作者の「芙蓉池作」とともに、建安期の写景詩の代表作とされ、後の山水詩の先がけをなす。

燕歌行二首　其一

燕歌行《えんかこう》二首《にしゅ》　其《そ》の一《いち》　　文帝《ぶんてい》〔曹丕〕（魏）

秋風蕭瑟天気涼。　　秋風《しゅうふう》蕭瑟《しょうしつ》として天気《てんき》涼《すず》し草木揺落露為㆑霜。
群燕辞帰雁南翔。
念㆓君客遊㆒思断腸。
慊慊思㆑帰恋㆓故郷㆒。
君何淹留寄㆓他方㆒。
賤妾煢煢守㆓空房㆒。
憂来思㆑君不㆑可㆑忘。
不㆑覚涙下沾㆓衣裳㆒。
援㆑琴鳴㆑絃発㆓清商㆒。
短歌微吟不㆑能㆑長。
明月皎皎照㆓我牀㆒。
星漢西流夜未㆑央。
牽牛織女遥相望。
爾独何辜限㆓河梁㆒。

草木揺落《そうもくようらく》して露霜《つゆしも》と為《な》る
群燕辞《ぐんえんじ》し帰《かえ》り雁南《かりみなみ》に翔《か》ける
君《きみ》が客遊《かくゆう》を念《おも》ひて思《おも》ひ断腸《だんちょう》
慊慊《けんけん》として帰《かえ》るを思《おも》ひ故郷《こきょう》を恋《した》はん
君何《きみなん》ぞ淹留《えんりゅう》して他方《たほう》に寄《よ》る
賤妾《せんしょう》 煢煢《けいけい》として空房《くうぼう》を守《まも》る
憂《うれ》ひ来《きた》りて君《きみ》を思《おも》ひ忘《わす》るべからず
覚《おぼ》えず涙下《なみだくだ》りて衣裳《いしょう》を沾《うるお》す
琴《こと》を援《ひ》き絃《げん》を鳴《な》らして清商《せいしょう》を発《はっ》す
短歌微吟《たんかびぎん》 長《なが》うする能《あた》はず
明月皎《めいげつきょうきょう》 皎として我《わ》が牀《しょう》を照《て》らし
星漢西《せいかんにし》に流《なが》れて夜未《よるいま》だ央《つ》きず
牽牛 織 女《けんぎゅうしょくじょ》 遥《はる》かに相望《あいのぞ》む
爾独《なんじひと》り何《なん》の辜《つみ》ありてか河梁《かりょう》に限《かぎ》らる

○蕭瑟…もの寂しい様子。秋風が吹く様子。○慊慊…憂える様子。満たされない気持ち。○淹留…久しく留まる。○煢煢…ひとりぼっち。孤独で頼るところのない様子。

秋風がさやさやと吹き、涼しい季節となった。草木は黄ばみ落ちて露も霜に変わる。燕は南へ帰り、雁は北から飛んで来る。旅に出ているあなたを思うと断腸の思いがする。あなたも心晴れず、帰る日を思い、故郷を偲んでいることでしょう。なぜいつまでも他郷に逗留しておられるのですか。私はあなたのいない部屋で独りわびしく過ごしております。悲しみがこみ上げてあなたへの思いがいや増すばかり。いつのまにか涙で着物がしとどにぬれます。琴をひきよせかき鳴らせば清らかな音色が起こり、短い調べでかすかに歌う声もとぎれがち。明月は明るく輝いて寝台を照らし出し、天の川は西に向かって懸かってはいますが夜はまだ明けません。彦星と織姫星は遥か離れて見つめ合っています。二人は何の罪があって川の橋にさえぎられる身の上になったのでしょう。

◆「思婦」の歌。毎句押韻し、漢代の「柏梁台聯句」にならう。当時流行していた五言詩の体をとらず、七言で歌う。七言詩の原初的作品と見られている。「月の光がベッドにかかっている絹のカーテンを照らす」という表現は「古詩十九首」にもあり、また少しあとの作品、阮籍の「詠懐詩」にも見られるところだが、「カーテン」と限定せず「牀」(ベッド)といったところは注目。月の光はやがて「牀前」に及び、李白の「静夜思」の絶唱を生む。

名都篇

名都多㆓妖女㆒
京洛出㆓少年㆒。
宝剣直千金
被服麗且鮮。
闘㆓鶏東郊道㆒
走㆓馬長楸間㆒。
馳騁未㆑及㆑半
双兎過㆓我前㆒。
攬㆑弓捷㆓鳴鏑㆒
長駆上㆓南山㆒。

名都篇《めいとへん》

曹《そう》植《ち》（魏）

名都《めいと》に妖女《ようじょ》多《おお》く
京洛《けいらく》に少年《しょうねん》出づ
宝剣《ほうけん》直《あたい》千金《せんきん》
被服《ひふく》麗《うるわ》しく且《か》つ鮮《あざや》かなり
鶏《にわとり》を東郊《とうこう》の道《みち》に闘《たたか》はし
馬《うま》を長楸《ちょうしゅう》の間《かん》に走《はし》らす
馳騁《ちてい》未《いま》だ半《なかば》なるに及《およ》ばざるに
双兎《そうと》我《わ》が前《まえ》を過《す》ぐ
弓《ゆみ》を攬《と》りて鳴鏑《めいてき》を捷《さしはさ》み
長駆《ちょうく》して南山《なんざん》に上《のぼ》る

左挽因右発
一縦両禽連。
余巧未レ及レ展
仰レ手接二飛鳶一。
観者咸称レ善
衆工帰二我妍一。
帰来宴二平楽一
美酒斗十千。
膾レ鯉臇二胎鰕一
寒レ鼈炙二熊蹯一。
鳴レ儔嘯二匹侶一
列レ坐竟二長筵一。
連翩撃二鞠壌一
巧捷惟万端。

左《ひだり》に挽《ひ》き因《よ》つて右《みぎ》に発《はつ》し
一《ひと》たび縦《はな》てば両禽《りようきん》連《つら》なる
余巧《よこう》未《いま》だ展《の》ぶるに及《およ》ばざれば
手《て》を仰《あお》ぎて飛鳶《ひえん》を接《う》つ
観《み》る者《もの》咸《ことごと》く善《よ》しと称《しよう》し
衆工《しゆうこう》我《われ》に妍《けん》を帰《き》す
帰《かえ》り来《きた》つて平楽《へいらく》に宴《えん》す
美酒《びしゆ》は斗《と》に十千《じつせん》
鯉《こい》を膾《なます》にして胎鰕《たいか》を臇《あつもの》にし
鼈《べつ》を寒《に》て熊蹯《ゆうはん》を炙《しや》にす
儔《とも》に鳴《な》き匹侶《ひつりよ》と嘯《うそぶ》き
坐《ざ》を列《つら》ねて長筵《ちようえん》を竟《きわ》む
連翩《れんぺん》として鞠壌《きくじよう》を撃《う》ち
巧捷《こうしよう》たること惟《こ》れ万端《ばんたん》

白日西南馳
光景不レ可レ攀。
雲散還二城邑一
清晨復来還。

白日西南《はくじつせいなん》に馳《はし》りて
光景《こうけい》攀《とど》むべからず
雲散《うんさん》して城邑《じょうゆう》に還《かえ》り
清晨《せいしん》に復《ま》た来《きた》り還《かえ》る

○名都…立派な都。洛陽をさす。○京洛出少年…王逸の「茘枝賦」に「宛洛少年」とある。○宝剣直千金…『史記』陸賈伝に「陸賈宝剣直千金」とある。○闘鶏…鶏をけりあいさせて勝敗を争うあそび。○長楸…「楸」はひさぎ。落葉する喬木。街路樹にした。○捷鳴鏑…「捷」は揷の意。「鳴鏑」はなりかぶら。○一縦両禽連…「縦」は矢を発する。「両禽」は二ひきの兎。○衆工帰我妍…「妍」は美妙の意。弓矢に巧みな者達が、我（自分）に対してあっぱれだと賛辞をいい送る。○平楽…漢の明帝が、長安の飛廉観を洛陽に移し建てた平楽観のこと。洛陽の西門外にあったという。○斗十千…一斗が一万銭にあたること。○膾…しるの少ないあつもの。○寒鼈炙熊蹯…「寒」はあぶる、煮る。「熊蹯」は熊のたなごころ。古来、美味いものの代表。○連翩撃鞠壌…「連翩」は身軽に飛び動くさま。「鞠壌」は古代の打毬と撃壌の遊戯。○巧捷惟万端…「巧捷」はたくみですばやい。「万端」は何もかもそろう。○雲散…雲の如く散会する意。

名高い都会にはなまめかしい美人が多く、洛陽の都にはいなせな若者たちが集まる。彼らは千金にも値するみごとな剣をさし、きらびやかな着物を身にまとって、東郊外の道で闘鶏に興じたり、楸の街路樹の間に馬を走らせたりする。馬を駆けさせる途中に、兎が二ひき飛び出して横ぎった。弓をとって鳴りかぶらの矢をたばさんで、南の方の山にひた駆けりに駆け上る。左にひきしぼって右に矢を放つと一度で二ひきの兎を射とめた。もっと腕前を披露しようと、今度はあおむいて飛ぶ鳶を射る。見物していた者達は口々にやんやと喝采を送り、その他の腕自慢の者達も、あいつが一番うまいとほめそやす。洛陽の西門外にある平楽観に帰って来て、そこで、一斗が一万銭もする美酒をくんで宴会をする。鯉をなますに、子もちえびをいり物に、すっぽんの煮物、熊の手のあぶり物。友人と声高にしゃべったり仲間と歌ったり、しきものをずらりと並べて大宴会を開く。身のこなしも軽々と、鞠《まり》を打つのも撃壌（木製のくつに似たものの一つを地に立て、他の一つを投げて当てる）の遊戯もお手のもの、何でも巧みにこなしてしまう。太陽が西南に傾けば、これを引きとめるてだてはなく、雲の散るように、それぞれ町中へ帰ってゆく。しかし、夜が明けたらまたやってきて遊ぶのだ。

◆「斉瑟行」の一。首句に見える語をとって篇題とした。冒頭、洛陽の娘が出てくるが、これは若者を引き出すだけの役割。全篇上流階級の若者の豪奢でいきなさま、活発でいなせなさまを描く。名剣を帯び、美しい服をまとい、闘鶏や競馬や狩りなどのスポーツに興じ、帰ってからは宮殿でご馳走を食べ、音楽をたのしみ、けまりをし、日が暮れて散会するが、また、明朝にやってくる、ととめどがない。日が暮れればとっとと帰り、日が昇ればまたやって来るという趣向が若々しさを演出する。後世の「少年行」の源をなす詩。遊興に耽る若者をそしる詩とする見方もあるが、当時の若者を風俗画風に描いたと見る方が面白い。

美女篇

美女妖且閑。
采㆓桑岐路間㆒
長条紛冉冉
落㆑葉何翩翩。
攘㆑袖見㆓素手㆒
皓腕約㆓金環㆒。
頭上金爵釵
腰佩翠琅玕。
明珠交㆓玉体㆒
珊瑚間㆓木難㆒。

美女篇《びじょへん》

曹《そう》植《ち》（魏）

美女妖《びじょよう》にして且《か》つ閑《かん》なり
桑《くわ》を岐路《きろ》の間《かん》に采《と》る
長条《ちょうじょう》紛《ふん》として冉冉《ぜんぜん》たり
葉《は》の落《お》つること何《なん》ぞ翩翩《へんぺん》たる
袖《そで》を攘《かか》げて素手《そしゅ》を見《あらわ》せば
皓腕《こうわん》に金環《きんかん》を約《やく》す
頭上《ずじょう》には金爵《きんしゃく》の釵《かんざし》
腰《こし》に佩《お》ぶるは翠琅玕《すいろうかん》
明珠《めいしゅ》 玉体《ぎょくたい》に交《まじ》はり
珊瑚《さんご》 木難《もくなん》に間《まじ》はる

羅衣何飄飄
軽裾随レ風還。
顧眄遺二光采一
長嘯気若レ蘭。
行徒用息レ駕
休者以忘レ餐。
借問女安居
乃在二城南端。一
青楼臨二大路一
高門結二重関。一
容華耀二朝日一
誰不レ希二令顔。一
媒氏何所レ営
玉帛不二時安。一

羅衣《らい》 何《なん》ぞ飄飄《ひょうひょう》たる
軽裾《けいきょ》 風《かぜ》に随《したが》ひて還《めぐ》る
顧眄《こへん》すれば光采《こうさい》を遺《のこ》し
長嘯《ちょうしょう》すれば 気《き》 蘭《らん》の若《ごと》し
行徒《こうと》は用《もっ》て駕《が》を息《やす》め
休者《きゅうしゃ》は以《もっ》て餐《さん》を忘《わす》る
借問《しゃもん》す 女《むすめ》は安《いずく》にか居《お》ると
乃《すなわ》ち城南《じょうなん》の端《たん》に在《あ》り
青楼《せいろう》 大路《だいろ》に臨《のぞ》み
高門《こうもん》 重関《ちょうかん》を結《むす》ぶ
容華《ようか》 朝日《ちょうじつ》に耀《かがや》く
誰《たれ》か令顔《れいがん》を希《ねが》はざらん
媒氏《ばいし》 何《なん》の営《いとな》む所《ところ》ぞ
玉帛《ぎょくはく》 時《とき》に安《やす》んぜず

佳人慕㆓高義㆒
求㆑賢良独難。
衆人徒嗷嗷
安知㆓彼所㆒㆑観。
盛年処㆓房室㆒
中夜起長歎。

佳人《かじん》 高義《こうぎ》を慕《した》ひ
賢《けん》を求《もと》むること良《まこと》に独《ひと》り難《かた》し
衆人《しゅうじん》 徒《いたずら》に嗷嗷《ごうごう》たる
安《いず》んぞ彼《か》の観《み》る所《ところ》を知《し》らん
盛年《せいねん》 房室《ぼうしつ》に処《お》り
中夜《ちゅうや》 起《た》ちて長歎《ちょうたん》す

○妖且閑…なまめかしく、そのうえ、みやびやか。「閑」は雅。○長条紛冉冉…「長条」はながい枝。「紛」は盛んなさま。「冉冉」はなよやかなさま。「古詩十九首」其八に「冉冉孤生竹」とある（本巻七四ページ参照）。○攘袖…そでを巻く。「攘」はまきあげる。○金爵釵…雀の飾りがついた黄金の釵。○翠琅玕…玉に似た緑の石。崑崙山に産する。○明珠交玉体…「明珠」は真珠。「玉体」は女性の体。あるいは玉の大きいもの。○木難…「莫難」とも書く。金翅鳥の沫《つばき》からできたという碧色の玉。大秦国（ローマ）の産。○長嘯気若蘭…「長嘯」は口をすぼめて長く音・息を出すこと。「気若蘭」は、宋玉の「神女賦」に、「芬芳を吐くこと其れ蘭のごとし」とある。○青楼臨大路…「青楼」は、後世では、妓楼の意に用いられるが、ここでは、青い漆塗りの美しい高殿の意。「臨大路」とは、大通りに面した家のことで、富裕な家。○容華…顔形の美しさ。華やかな姿。○令顔…美しい顔。美女。○玉帛不時安…「玉帛」は玉と絹。結納の品。「安」は定の意。○嗷嗷…口やかましくものをいうさま。

美女はなめかしくまたしとやかである。別れ路のところで桑を摘んでいる。長い枝は入り乱れてやわらかく伸び、葉がひらひらと舞い落ちる。袖をからげて素肌を出すと、白い腕には金の腕輪がはめてある。頭に金の孔雀のかんざし、腰には碧の珠をつけている。真珠が美しい体にまつわり、紅いさんごと碧色の木難の珠が入りまじって輝く。うすぎぬの着物はひらひらと舞い、軽やかなもすそは風のまにまにひるがえる。ながし目はまぶしく、長く歌えば、吐く息は蘭の香がする。道ゆく人は見とれて車を止め、休息している人は食事を忘れてしまう。ちょっとお尋ねする、この娘御はどこに住んでいるのか。それは町の南のはずれの方、美しい高殿が大通りに面して建ち、立派な門には何重にもかんぬきがかかっているお屋敷。朝日に照り輝く花のような、この美しい人を求めない人があろうか。仲人はいったい何をしているのか。結納の品は納められたことがない。この美人は高い節義を慕い、賢人を夫として求めようとするがまことに難しい。世間の人はこの美人のことをやたらに騒ぎ立てるが、この美人の慕う殿御がどのような人物かは誰も知らぬ。あたら娘盛りの時を部屋の中で過ごし、夜なかに起きあがってため息をつくのだ。

◆古楽府「日は東南の隅に出づるの行」の流れをくみ、桑を摘む美しい娘に周りの男たちがうっとりするという筋立て。しかし、女のなまめかしさは、こちらの方がはるかに上。袖からスッと出たまっ白い腕に金の腕輪、風にひるがえる裳裾《もすそ》、甘い蘭の香りの吐息、ドキッとさせるエロティシズムである。賢人を求めて独身を通す美女の姿は、賢君のお召しをひたすら待つ君子の姿の喩えであると見る説もある。

白馬篇

白馬飾㆓金羈㆒。
連翩西北馳。
借問誰家子
幽并遊俠児。
少小去㆓郷邑㆒
揚㆓声沙漠垂㆒。
宿昔秉㆓良弓㆒
楛矢何参差。
控㆑弦破㆓左的㆒
右発摧㆓月支㆒。

白馬篇《はくばへん》

曹《そう》植《ち》（魏）

白馬《はくば》金羈《きんき》を飾《かざ》り
連翩《れんぺん》として西北《せいほく》に馳《は》す
借問《しゃもん》す 誰《た》が家《いえ》の子《こ》ぞ
幽并《ゆうへい》の遊俠《ゆうきょう》 児《じ》
少小《しょうしょう》にして郷 邑《きょうゆう》を去《さ》り
声《な》を沙漠《さばく》の垂《ほとり》に揚《あ》ぐ
宿 昔《しゅくせき》良 弓《りょうきゅう》を秉《と》り
楛矢《こし》何《なん》ぞ参差《しんし》たる
弦《げん》を控《ひ》きて左的《さてき》を破《やぶ》り
右《みぎ》に発《はっ》して月支《げっし》を摧《くだ》く

仰レ手接二飛猱一
俯レ身散二馬蹄一。
狡捷過二猴猨一
勇剽若二豹螭一。
辺城多二警急一
胡虜数遷移。
羽檄従レ北来
厲レ馬登二高堤一。
長駆踏二匈奴一
左顧凌二鮮卑一。
棄二身鋒刃端一
性命安可レ懐。
父母且不レ顧
何言二子与レ妻。

手《て》を仰《あ》げて飛猱《ひどう》を接《むかえう》ち
身《み》を俯《ふ》して馬蹄《ばてい》を散《さん》ず
狡捷《こうしょう》なること猴猨《こうえん》に過《す》ぎ
勇剽《ゆうひょう》なること豹螭《ひょうち》の若《ごと》し
辺城《へんじょう》 警急《けいきゅう》多《おお》く
胡虜《こりょ》数《しば》しば遷移《せんい》す
羽檄《うげき》北《きた》より来《きた》り
馬《うま》を厲《はげ》まして高堤《こうてい》に登《のぼ》る
長駆《ちょうく》して匈奴《きょうど》を踏《ふ》み
左顧《さこ》して鮮卑《せんぴ》を凌《しの》がん
身《み》を鋒刃《ほうじん》の端《たん》に棄《す》つ
性命《せいめい》安《いず》くんぞ懐《おも》ふべけんや
父母《ふぼ》すら且《か》つ顧《かえり》みず
何《なん》ぞ子《こ》と妻《つま》とを言《い》はん

名編㆓壮士籍㆒
不㆑得㆓中顧㆑私。
捐㆑軀赴㆓国難㆒
視㆑死忽如㆑帰。

名《な》は壮士《そうし》の籍《せき》に編《へん》せらるれば
中《うち》に私《わたくし》を顧《かえり》みるを得《え》ず
軀《み》を捐《す》てて国難《こくなん》に赴《おもむ》き
死《し》を視《み》ること忽《たちま》ち帰《き》するが如《ごと》し

○金羈…黄金製のおもがい。おもがいは、馬の頭から轡にかけて飾りつけた組紐のこと。○連翩…飛ぶように駆けるさま。○借問…ちょっと、おたずねします。質問の語として、詩ではよく使われる。○幽幷…幽州（遼寧省と河北省北部）と幷州（山西省北部）。勇者の出身地として名高い。○遊侠…男だて。○少小…少年。○垂…他国に接する辺境の地。○宿昔…昔。○秉…手に握ること。○良弓…強い弓。○楛矢…「楛」という赤い木を幹とした矢。○参差…長短そろわないさま。○月支…布帛に描いて的としたもの。○飛猱…木の枝から枝へ飛ぶ手長猿。○散馬蹄…馬の蹄《ひずめ》を蹴散らす。疾走すること。○狡捷…巧みですばやい。○猴猨…猿。○勇剽…勇猛で身軽。○豹螭…豹と螭。「螭」は伝説中の動物で、龍に似て黄色なものという。○辺城…辺境のとりで。○警急…急に起こった変事。○胡虜…北方の異民族を罵る語。○羽檄…急に兵を召集する場合に用いる檄文。木簡に書き、これに鳥の羽をつけて急ぎの意を示した。○厲馬…馬に鞭をあてて急がせる。○匈奴…北方の遊牧騎馬民族。○鮮卑…モンゴル系遊牧民族。○壮士…血気盛んなますらお。

白馬に金のおもがいをつけ、飛ぶような勢いで西北に駆けてゆく。どこの誰かと尋ねてみると、幽州・幷州の地の命知らずさ、とのこと。少年のころに故郷を出て、砂漠の彼方で手柄を立て名をあげた。昔から強い弓を持ち、背中には楛の矢を無造作にさしている。弦をひいて左の的《まと》を破り、ふりむきざまに右の月支の的を射抜く。手をあげて枝を飛び渡る手長猿をつかまえ、身をかがめて馬を走らす。すばやい身のこなしは猿にもまさり、勇猛で敏捷なのは豹や螭《みずち》のようだ。辺境の町では非常事態が多く、北のえびすどもがしきりに移動してくる。北の町から援軍要請の知らせが来れば、馬に激しく鞭打ち高い堤に登って警戒し、遠くまで駆け抜けて匈奴を抑え、左へ向きをかえて鮮卑をやっつける。我が身を刃の前に棄てたからには、生命など少しも惜しくはない。父や母すら顧みないのだから、妻や子のことなどどうして口にしよう。我が名が栄えある壮士の名簿に載っている以上、私事などかまっていられない。ただ身をなげうって国難にあたるのみ、死は、もといた所にふと帰るようになんでもないことなのだ。

◆この詩の前半のスピード感、後半のダイナミックな心意気から推して若いころの作であろう。白い馬にまたがった若者は猿よりもすばしこく、豹よりもたけだけしく、戦争が始まると匈奴に攻め入り、命なんぞは惜しくもない、とうたう。この詩のように「勇壮」というような抽象的な命題を、具体的な情景、事象を描いて詩にうたってみせるこころみはそれまでに見られず、画期的である。これはやがて「遊俠」の世界を歌う唐の詩へと流れてゆく。

吁嗟篇

吁嗟此転蓬
居レ世何独然。
長去二本根一逝
夙夜無二休間一。
東西経二七陌一
南北越二九阡一。
卒遇二回風起一
吹レ我入二雲間一。
自謂終二天路一
忽然下二沈泉一。

吁嗟篇《くさへん》

曹《そう》植《ち》（魏）

吁嗟《ああ》此《こ》の転蓬《てんぽう》
世《よ》に居《お》る何《なん》ぞ独《ひと》り然《しか》るや
長《なが》く本根《ほんこん》を去《さ》りて逝《ゆ》き
夙夜《しゅくや》休間《きゅうかん》無《な》し
東西《とうざい》七陌《しちはく》を経《へ》
南北《なんぼく》九阡《きゅうせん》を越《こ》ゆ
卒《にわか》に回風《かいふう》の起《おこ》るに遇《あ》ひ
我《われ》を吹《ふ》きて雲間《うんかん》に入《い》る
自《みずか》ら謂《おも》へらく天路《てんろ》を終《お》へんと
忽然《こつぜん》として沈泉《ちんせん》に下《くだ》る

驚飆接レ我出
故帰二彼中田一。
当レ南而更北
謂レ東而反西
宕宕当二何依一
忽亡而忽存。
飄颻周二八沢一
連翩歴二五山一。
流転無二恒処一
誰知二我苦艱一。
願為二中林草一
秋随二野火一燔。
糜滅豈不レ痛
願与二根荄一連。

驚飆《けいひょう》は我《われ》を接《むか》へて出《い》で
故《ことさら》に彼《か》の中田《ちゅうでん》に帰《かえ》る
当《まさ》に南《みなみ》すべくして更《さら》に北《きた》し
東《ひがし》せんと謂《おも》ふに反《かえ》りて西《にし》す
宕宕《とうとう》として当《まさ》に何《いず》くにか依《よ》るべき
忽《たちま》ち亡《ほろ》びて忽《たちま》ち存《そん》す
飄颻《ひょうよう》として八沢《はったく》を周《めぐ》り
連翩《れんぺん》として五山《ござん》を歴《へ》たり
流転《るてん》して恒処無《こうしょな》し
誰《たれ》か我《わ》が苦艱《くかん》を知《し》らん
願《ねがわ》くは中林《ちゅうりん》の草《くさ》と為《な》り
秋《あき》野火《やか》に随《したが》って燔《や》かれん
糜滅《びめつ》するは豈痛《あにいた》ましからざらんや
願《ねが》はくは根荄《こんがい》と連《つらな》らん

○吁嗟…歎く声。○転蓬…風に吹かれて転がるヨモギ。○夙夜…朝から夜まで。○陌・阡…「陌」「阡」は共にあぜ道。「陌」は東西、「阡」は南北方向の道。○沈泉…もと沈淵とあったのを、唐の高祖李淵の諱を避けて沈泉とした。○中田…「田中」に同じ。○宕宕…広大なさま。○飄颻・連翩…ひるがえるさま。○八沢…八方の大きな沢。○五山…五岳。○中林…「林中」に同じ。○糜滅…焼けて滅ぶ。○根荄…草の根。

ああ、風に飛ばされて転がるヨモギよ、この世でおまえだけがなぜ転がり続けているのか。永遠にもとの根っこから離れて、朝も夜も休みなく転がり続ける。東西の七つの道を越え、南北の九つの道を越えた。（ヨモギは言う、）突然つむじ風が飛んできて、私を雲の間にまで飛ばした。天の果ての道にまで飛ばされるのかと思ったら、突然深い泉に落とされた。突然の暴風が私を迎えに来たと思ったら、わざともといた田んぼの中に戻された。南に行こうとすれば北に飛ばされ、東に行こうとするのに西に飛ばされる。広い場所の中どちらに行けばよいのかわからず、もう死ぬのかと思えばまだ生きている。ひらひらと飛ばされて八沢を巡り、五山を経た。あちこち動き回って常の居場所などない、私の苦しみを誰が知ろうか。願わくは林の中の草となり、秋の野焼きの時に一緒に焼かれたい。死滅することはまことに悲しいことではあるが、その時はせめてもとの根っこと一緒にいたいものだ。

◆風に転がるヨモギの姿に自らの不遇を託した作品。曹植は兄の曹丕（魏の文帝）が帝位についた後、身辺を厳しく監視され、封国をたびたび移された。この状態は甥の明帝（曹叡）の代になっても続き、親族と会うことも許されず、国のために働きたいと上書しても許可されない孤独な後半生を送った。ヨモギがあちらこちらに吹き飛ばされる様子に、自分の意志を全く無視されて翻弄される作者の悲哀が込められている。最後の句「願与根荄連」は、せめて死んだ後は肉親と一緒にいたいという意を含み、痛切を極める。戦死して父（曹操）にあの世で再会したい意とも取れるし、兄弟と一緒に戦死したい意にも取れる。

七歩詩

七歩《しちほ》の詩《し》　曹《そう》植《ち》（魏）

煮レ豆持作レ羹
漉レ豉以為レ汁•
萁在二釜下一然
豆在二釜中一泣•
本自同レ根生
相煎何太急•

豆《まめ》を煮《に》て持《も》つて羹《あつもの》と作《な》し
豉《し》を漉《こ》して以《もっ》て汁《しる》と為《な》す
萁《まめがら》は釜《かま》の下《した》に在《あ》りて然《も》え
豆《まめ》は釜《かま》の中《なか》に在《あ》りて泣《な》く
本《もと》と自《おのずか》ら根《こん》を同《おな》じくして生《しょう》じたるに
相《あい》煎《に》ること何《なん》ぞ太《はなは》だ急《きゅう》なる

○持作羹…「持」は「以」に同じ。「羹」はあつもの、汁物（スープ）。○漉豉…「漉」はこす。「豉」は、煮たり蒸したりしたのち、醗酵させた豆。豆味噌の類。○萁…まめのから。○釜下…李善注は「竈下」に作る。それだと、かまどの下。○煎…火で煮つめること。苦しめさいなむこと。

豆を煮て、あつものを作り、醗酵させた豆をこして汁物をつくる。まめがらは釜の下で燃え、豆は釜の中で泣きながらいう、もとはといえば同じ根から育ったものなのに、どうしてそんなにひどく煎りつける（いじめる）のですか、と。

● 兄の文帝（曹丕）に、七歩あるく間に詩を作れなければ死刑にする、といわれて作ったという詩。曹植の作品集には収めず、逸話集『世説新語』に載せるのがもっとも早いこと、そして、その作詩のエピソードが小説じみていることから曹植の作にあらずという見方もある。しかし、釜の中で煮られる豆（曹植）と釜の下で燃える豆がら（文帝）を用いて兄弟の関係を描くくだりなどは当意即妙な味わいがあり、真実性を帯びている。

野田黄雀行

野田黄雀行《やでんこうじゃくこう》　曹植《そうち》（魏）

高 樹 多㆓悲 風㆒　高樹《こうじゅ》に悲風《ひふう》多《おお》く
海 水 揚㆓其 波○㆒　海水《かいすい》は其《そ》の波《なみ》を揚《あ》ぐ

利剣不レ在レ掌
結レ友何須レ多○
不レ見籬間雀
見レ鷂自投レ羅○
羅家得レ雀喜
少年見レ雀悲△
抜レ剣捎二羅網一
黄雀得二飛飛△一
飛飛摩二蒼天□一
来下謝二少年□一

利剣《りけん》 掌《たなごころ》に在《あ》らずんば
友《とも》を結《むす》ぶに何《なん》ぞ多《おお》きを須《もち》ひん
見《み》ずや 籬間《りかん》の雀《すずめ》
鷂《たか》を見《み》て自《みずか》ら羅《あみ》に投《とう》ずるを
羅家《らか》は雀《すずめ》を得《え》て喜《よろこ》び
少年《しょうねん》は雀《すずめ》を見《み》て悲《かな》しむ
剣《けん》を抜《ぬ》いて羅網《らもう》を捎《はら》へば
黄雀《こうじゃく》 飛《と》び飛《と》ぶを得《え》たり
飛《と》び飛《と》んで蒼天《そうてん》を摩《ま》し
来《きた》り下《くだ》りて少年《しょうねん》に謝《しゃ》す

○利剣…するどい剣。権力をたとえたか。○結友何須多…「結友」は友人関係を結ぶ。「何須多」は、何で数を多くする必要があろう。○籬間…「籬」は柴や竹であんだ垣根。「間」は付近。○鷂…はしだか、またははいたか。雁に似て小。人が飼い慣らして小鳥を捕らえさせるという。○羅…今のかすみ網に当たる。○羅家…網をはる人。○捎…はらい除く意。ここでは、剣を振るって断ちのぞくこと。○摩蒼天…青空にすいつかんばかりに高く飛ぶ。○謝少年…若者に礼をいう。

高い木には激しい風が多く吹き、大きな海には大波がわき立つ。鋭利な剣を持っているのでなければ、友人を多くつくるべきではない。見てごらん、垣根にいる雀を、鷹を見て自分から網に飛び込んでしまう。網を仕掛けた者は雀を捕らえて大喜びだ。若者はそれを見て悲しみ、剣を抜いて網をきりはらったところ、雀は飛び上がることができた。大空高く飛び上がったが、やがて、飛びおりて来て若者に礼を言った。

◆この歌のキーワードは「利剣」。「利剣」さえあれば網にかかった雀を逃がしてやることもできる。曹植の侍臣たちが文帝に粛清されてゆく様子を描いた寓意の作ともいわれる。とかく曹植の後半生の作品には暗い影がまつわる。

詠懐詩　其一

夜中不㆑能㆑寐
起坐弾㆓鳴琴㆒。
薄帷鑑㆓明月㆒
清風吹㆓我襟㆒。

詠懐詩《えいかいし》　其《そ》の一《いち》　　阮《げん》籍《せき》（魏）

夜中《やちゅう》寐《い》ぬる能《あた》はず
起坐《きざ》して鳴琴《めいきん》を弾《だん》ず
薄帷《はくい》に明月《めいげつ》鑑《て》り
清風《せいふう》我《わ》が襟《えり》を吹《ふ》く

孤鴻号㆓外野㆒
翔鳥鳴㆓北林㆒。
徘徊将何見
憂思独傷㆑心。

孤《こ》鴻《こう》外野《がいや》に号《さけ》び
翔鳥《しょうちょう》北林《ほくりん》に鳴《な》く
徘徊《はいかい》して将《は》た何《なに》をか見《み》る
憂思《ゆうし》して独《ひと》り心《こころ》を傷《いた》ましむ

○起坐…起きて座ること。○薄帷…薄いとばり。○鑑…「照」と同じ。○孤鴻…連れのない一羽の大雁。○号…大声で鳴くこと。○外野…野原。○翔鳥…むれ飛ぶ鳥。「朔鳥」とするテキストもある。○徘徊…さまよい歩くこと。

夜中になっても寝つかれず、起き出して座り、琴をつまびく。うすい帷《とばり》に明るい月かげが照らし、さわやかな風が私の襟もとを吹く。外の遠い野原では、群れを離れた鴻《おおとり》が叫び声をあげ、北の林では、群れ飛ぶ鳥どもが鳴いている。あてどもなくさまよい歩いて何を見るのか。共に語るべき人は誰もいない。憂い悩み、ひとり自分の心を苦しめるばかりだ。

◆俗物には白眼、同志には青眼《くろめ》で対したという阮籍、いわゆる「竹林の七賢」の領袖である。魏をのっとろうとする司馬氏の専横に、魏の王室側に属する阮籍はしばしば韜晦《とうかい》した。「詠懐詩八十二首」はその苦悩をひそやかにうたったものとされる。群れを離れた鴻は作者の、北の林にわがもの顔にかける鳥どもは、権力に慕い寄る連中の象徴であろう。北は朝廷の方角を意味する。

なお、この詩の形は八句の構成といい、対句（三と四、五と六句）の配置といい、後世の「律詩」に近似する。

また、夜中に起きて琴を弾《ひ》く高士の姿は、唐の王維の「竹里館《ちくりかん》」へと流れ入る。

詠懐詩　其十四

灼灼西隤日
余光照㆓我衣㆒。
廻風吹㆓四壁㆒
寒鳥相因依。
周周尚銜㆑羽
蛩蛩亦念㆑饑。
如何当路子
磬折忘㆑所㆑帰。
豈為㆓夸誉名㆒

詠懐詩《えいかいし》　其《そ》の十《じゅう》四《し》

阮《げん》籍《せき》（魏）

灼灼《しゃくしゃく》として西《にし》に隤《くず》るる日《ひ》
余光《よこう》我《わ》が衣《い》を照《て》らす
廻風《かいふう》四壁《しへき》を吹《ふ》き
寒鳥《かんちょう》相因《あいよ》り依《よ》る
周周《しゅうしゅう》尚《な》ほ羽《はね》を銜《ふく》み
蛩蛩《きょうきょう》も亦《ま》た饑《うえ》を念《おも》ふ
如何《いかん》ぞ当路《とうろ》の子《し》
磬折《けいせつ》して帰《き》する所《ところ》を忘《わす》る
豈《あに》夸誉《かよ》の名《な》の為《ため》にせんや

憔悴使㆓心悲㆒。
寧与㆓燕雀㆒翔
不㆘随㆓黄鵠㆒飛㆖。
黄鵠遊㆓四海㆒
中路将㆓安帰㆒。

憔悴《しょうすい》して心《こころ》をして悲《かな》しましむ
寧《むし》ろ燕雀《えんじゃく》と与《とも》に翔《かけ》るも
黄鵠《こうこく》に随《したが》って飛《と》ばざれ
黄鵠《こうこく》 四《し》海《かい》に遊《あそ》ぶ
中路《ちゅうろ》将《まさ》に安《いず》くにか帰《かえ》らんとする

○灼灼…輝くさま。○廻風…つむじ風。○周周…「翢翢」に同じ。伝説上の鳥の名。首が重くて水を飲もうとすると倒れるため、互いに羽をくわえて助け合うという。○蛩蛩…伝説上の獣の名。同じく伝説上の獣に蟨《けつ》という前足だけが短い獣があり、蛩蛩のために甘草を与えてくれるので、蟨に危機が迫った時には蛩蛩が蟨を背負って逃げるという。○磬折…磬のように体を曲げる。「磬」は「へ」の字の形をした楽器。○夸誉…誇大な誉れ。○黄鵠…大白鳥。

輝いて西に沈んでいく夕日、その残りの光が私の衣服を照らす。つむじ風があちこちを吹き、寒々しい鳥たちは寄り添い合う。周周という鳥は川に落ちないよう互いに羽をくわえ合うというし、蛩蛩という獣は飢えを避けるために蟨という獣を背負って走るという（鳥獣すら困難な時には助け合うものである）。しかし、今の世の人々は、磬のごとく曲がってしまって、本来あるべき姿を忘れている。どうして虚名を求めようとするのか、疲れ果てて自分を悲しくさせるだけだ。燕や雀といった小鳥と一緒に近くを飛ぶ方が（安全なだけ）ずっとましなのだぞ。黄鵠の後について行って遠くに飛ぼうとするのはやめたまえ。黄鵠は四方の海の上にまで翔る鳥なのだ。（君の短い翼でついて行っても）途中で力尽きたら帰ることはできないのだぞ。

❖魏晋交替期の人々の行動を暗に批判した詩。沈む夕日の姿には、魏王朝の衰退に対する感慨が込められ、周周・蛩蛩・蟨の姿には、友人や親族をも平気で裏切る時代風潮への皮肉を込め、燕・雀・黄鵠のたとえには、魏王朝（曹氏）を見限り、晋王朝（司馬氏）の側に寝返ることで、出世を目論む人々への批判と警告を込めていよう。

贈㆓秀才入㆒㆑軍

秀才《しゅうさい》の軍《ぐん》に入《い》るに贈《おく》る

嵆《けい》康《こう》（魏）

息㆓徒蘭圃㆒　徒《と》を蘭圃《らんぽ》に息《いこ》はしめ
秣㆓馬華山㆒。　馬《うま》を華山《かざん》に秣《まぐさ》かふ
流㆓磻平皐㆒　磻《は》を平皐《へいこう》に流《なが》し
垂㆓綸長川㆒。　綸《いと》を長川《ちょうせん》に垂《た》る
目送㆓帰鴻㆒　目《め》に帰鴻《きこう》を送《おく》り
手揮㆓五絃㆒。　手《て》に五絃《ごげん》を揮《ふる》ふ

俯仰自得
游二心太玄一。
嘉二彼釣叟一
得レ魚忘レ筌。
郢人逝矣
誰与尽レ言。

俯仰《ふぎょう》して自得《じとく》し
心《こころ》を太玄《たいげん》に游《あそ》ばしむ
彼《か》の釣叟《ちょうそう》を嘉《よみ》す
魚《うお》を得《え》て筌《せん》を忘《わす》るるを
郢人《えいひと》逝《ゆ》きぬ
誰《たれ》と与《とも》にか言《げん》を尽《つ》くさん

○秀才…任官候補者。兄の嵇喜のこと。○蘭圃…蘭の生えている園。○華山…木が美しく生え茂っている山。○磻…弋《いぐるみ》。矢に糸を付けて鳥を獲る道具につける石。○平皐…広く平らな沢地。○俯仰自得…日常の何気ない立ち居振る舞いの中で、はっと悟ること。○太玄…無為自然の大道。○釣叟…釣りをする翁。荘子をさす。○得魚忘筌…「筌」はやな。魚を得ると、魚を取るためのやなは忘れられる。『荘子』外物篇に見える言葉。ここでは、自分は兄のことを忘れられない、の意。○郢人…『荘子』徐無鬼篇に見える語で、知己同心の人をいう。

兄上は、兵を蘭の花咲く園に休ませ、緑したたる山で馬にまぐさを与えることでしょう。広い沢地でいぐるみを射たり、大きな川で釣り糸を垂れたりもするのでしょう。北へ帰る渡り鳥の群れを見送ったり、五弦の琴をつまびいたりもなさるでしょう。そんな時にはっと悟って、心を無為自然の大道に遊ばせることと思います。うらやましいなあ、あの魚釣りの老人は。魚を手に入れるとやなのことなどすっかり忘れてしまうとか。郢人のような兄上は行ってしまわれた。私はいったい誰と思いのたけを話したらよいのでしょう。

◆兄が従軍する時に、弟の嵇康が贈った詩。嵇康も「竹林の七賢」の一人だが、彼は阮籍と異なり、韜晦しきれず司馬氏の手にかかって刑死する。

「目送帰鴻　手揮五絃」の句は、高士の姿の典型として後世画題にもなっている。

石川忠久（いしかわ・ただひさ）
昭和7（1932）年，東京都生まれ。東京大学文学部中国文学科卒。同大学院修了。文学博士。桜美林大学名誉教授，二松学舎大学名誉教授・顧問，日本中国学会顧問，全国漢文教育学会会長，斯文会理事長，六朝学術学会顧問，全日本漢詩連盟会長。NHKの漢詩シリーズでも知られる。

著書
「新釈漢文大系　詩経（上・中・下）」（明治書院）
「漢詩のこころ」「漢詩の楽しみ」「漢詩の魅力」（時事通信社）
「漢詩を作る」「日本人の漢詩　風雅の過去へ」（大修館書店）
「春の詩100選」〈同，夏・秋・冬〉（NHK出版）
「岳堂　詩の旅」〈石川忠久著作選4〉（研文出版）
ほか，多数。

漢魏六朝《かんぎりくちょう》の詩《し》　上《じょう》

平成21年11月10日　初版発行

編著者　石《いし》　川《かわ》　忠《ただ》　久《ひさ》

発行者　株式会社　明治書院
代表者　三樹　敏

印刷者　亜細亜印刷株式会社
代表者　藤森英夫

製本者　渋谷文泉閣
代表者　渋谷　鎮

発行所　株式会社　明治書院

〒169-0072　東京都新宿区大久保1-1-7
TEL(03)5292-0117　FAX(03)5292-6182
振替口座　00130-7-4991

ISBN978-4-625-66415-1

装幀　板谷成雄
切り絵　菊地眞紀